KB062005

당신은 생각보다 멘탈이 강한 사람입니다

당신은 생각보다 멘탈이 강한 사람입니다

박세니 에세이

프롤로그

마법 같은 하루가 정말 있을까요? 결론부터 말씀드리면 있습니다. 살다 보면 마음처럼 안 된다는 느낌을 받는 때가 있을 거예요. 하지만 멘탈 관리를 어떻게 하느냐에 따라 이런 느낌은 완전히 사라지고, 당신의 하루는 완벽하게 달라집니다. 하루를 좌지우지하는 멘탈 관리가 중요한 이유죠.

멘탈을 잘 관리하지 못하면 어떤 일을 해도 마음에 들지 않아요. 외부의 조건을 수용하고 해석하는 멘탈이 약해 조금만 부정적인 자극을 받아도 내면에서는 지옥이 펼쳐지기 때문입니다. 그러나 멘탈을 조금만 관리할 줄 알아도 마음의 여유가 생기고 인간관계도 한결 더 쉬워집니다. 일상의 모든 것이 아름답고 좋아 보이는 건 덤이죠.

그러나 멘탈을 관리하는 일은 맘처럼 쉬운 일이 아니에요. 수많은 사람과 갖가지 상황을 마주할 때마다 외부의 조건이 변하기 때문입니다. 그러다 보면 인간관계가 꼬일 대로 꼬여 일을 그르치기도 하고, 스스로에 대한 실망으로 자존감이 떨어지기도 하지요. 그런 사람들에게 이 책은, 자꾸만 흔들리고 무너지는 멘탈을 관리해 마법 같은 하루가 열리도록 도울 겁니다.

더 이상 인간관계가 꼬이지 않도록,
중요한 일을 그르치는 일이 없도록,
스스로 실망하는 일이 없도록 말이죠.

모든 일은 잘될 수 있고 잘 안될 수도 있어요. 하지만 스스로 멘탈을 관리할 수 있다면, 대부분의 일을 잘 풀리는 쪽으로 이끌 수 있습니다. 멘탈이 잘될 수밖에 없는 이유를 찾고 거기에 집중하기 때문입니다. 멘탈을 관리하는 것만으로도 외부의 조건과 상황에 휩쓸리지 않는 삶을 살게 되는 것이죠.

저는 오랜 시간 안 되는 이유에만 집중하며, 제가 처한 환경을 변화시킬 수 없다고 믿었습니다. 그런 믿음이 파생된 곳은 가정불화도 아니었고, 저의 무능력도 아니었습니다. 단지 제 주변에는 안 된다고 말하는 사람들이 수두룩했다는 것, 그게 제 목을 조이며 옴짝달싹하지 못하게 만들었습니다.

사는 일은 그 자체로 힘들며 할 수 있는 일은 아무것도 없다는 말을 계속 들으면서 제 무의식도 그렇게 변해갔습니다. 이런 무의식이 멘탈에도 영향을 주었겠죠. 하지만 제가 의식하지 못하는 세계, 무의식의 존재를 알게 되었을 때부터 제 삶은 달라졌습니다. 원래부터 긍정적이거나 부정적인 사람들은 세상에 없음을 알게 된 것이지요. 결국 저는 멘탈을 관리하겠다는 의지만 있다면 누구나 삶을 변화시킬 수 있다는 사실을 깨달았습니다.

저는 이 책에서 '멘탈 관리가 주는 하루의 기쁨'을 아김없이 보여주고자 했습니다. 특히 외부의 조건을 바꿀 수 없는 사람들에게 멘탈 관리를 통해 내면의 성장을 도모할 수 있는 방법을 알려주려고 노력했어요. 오늘을 살고 내일을 기대하며 어제를 후회하는 게 우리네 삶이라면, 건강한 멘탈을 갖는 게 여러모로 더 유익하니까요. 그런 의미에서 자기 존재에 대한 믿음과 마법 같은 미래의 확신을 얻고 싶다면 이 책이 당신에게 도움이 되리라 믿습니다.

멘탈을 관리하기에 앞서 있는 그대로의 나를 사랑하는 것이 먼저입니다. 이 책이 그저 읽고 끝나는 책이 되지 않도록 일상에서 도움이 될 조언도 아끼지 않았습니다. 그렇다고 마냥 우호적이고, 따뜻하며, 위로로 가득한 훈훈한 메시지만 담은 것은 아닙니다. 그런 말로는 멘탈을 변화시킬 수 없기 때문입니다.

    당신의 마음에 불을 지필 이야기는 다 드렸습니다. 이제 선택은 각자에게 맡기고 저는 제 이야기를 시작하겠습니다. 책의 마지막 장을 덮을 때, 당신은 당신의 멘탈이 약했던 게 아니라 관리되지 않았던 것임을 깨닫게 될 것입니다.

박세니

차례

3장   이제 나부터 감미롭게 보살피기

4장 단단하면서도 부드러운 멘탈로 살기

1장

살아낸 나를 다정하게 안아주기

당신은 뭐든지
할 수 있는 사람입니다

저는 그다지 행복하지 못한 가정에서 자랐습니다. 슬프게도 아버지와 어머니는 어린 저와 동생 앞에서 많이 싸우셨거든요. 대부분의 싸움이 그러하듯 부모님의 싸움도 거듭될수록 그 강도가 걷잡을 수 없이 커졌습니다.

아버지는 고려대 국문과를 졸업한 고등학교 선생님이셨습니다. 학교에서는 좋은 선생님이라고 정평이 났지만, 무슨 이유에서인지 어머니에게는 온갖 모욕적인 욕설을 내뱉으셨어요. 툭하면 손찌검하는 날도 잦았습니다. 저는 폭력적인 아버지의 모습을 볼 때마다 한없는 무기력을 느꼈습니다. 세상에 태어나 아무 것도 할 수 없다는 무력감은 차츰 스스로를 마음의 감옥에 가두 었습니다. 마음이 그렇게 되자 행동도 자연스레 죄인이 되었습 니다. 고개를 푹 숙이고 걷거나 사람과 눈을 마주치지 못했어요. 입 밖으로 말도 잘 나오지 않게 되었습니다.

보통 이런 종류의 스토리에서는 부모님 중 한 분이 매서우면 다른 한 분은 너그럽기 마련이지요. 하지만 제 스토리는 그렇게 극적이지 않았습니다. 어머니는 아버지에게 폭행을 당한 날이 면, 저와 동생에게 "너희들만 낳지 않았어도 아빠랑 진작 이혼 했을 거다"라고 가시 돋친 말을 쏟아내셨습니다. 그렇게라도 응 어리진 마음을 달래신 거죠. 한번은 어머니가 아버지에게 정말 심하게 맞은 날 제게 이렇게 말씀하셨습니다.

"넌 엄마가 그렇게 맞고 있는데
와서 도와주지도 않냐?"

어린 마음에 이 말이 얼마나 상처가 되었는지, 저는 더욱더 관계의 무기력증을 앓아야만 했습니다. 아버지를 말리지 못한 제가 수치스럽고 원망스러웠지요. 하지만 살기등등한 아버지를 보면 감히 그럴 수 없었습니다. 제 육신은 너무나 약했고 정신력도 강하지 못했으니까요. 어머니는 아버지의 욕설과 폭행에 시달리면서도 경제적 능력이 없다는 점 때문에 아버지에게 굴복하며 사셨습니다. 어머니도 어머니 스스로를 슬픈 관계의 굴레 속에 가둬버리신 겁니다. 저희 가족은 그렇게 지옥 같은 날이 바뀌지 않을 거라고 생각하며 살았습니다.

어느 날 오후, 부모님이 크게 싸웠는데 아버지가 대뜸 집을 나가겠다고 하셨습니다. 이전과는 다른 스토리 전개에 뭔가 잘못되었음을 직감했지요. 아버지가 욕을 하며 집을 나가시는데, 어머니가 제게 빨리 아버지를 말리라고 하셨습니다. 정말 무서웠어요. 하지만 용기를 내 아버지를 말려보려고 따라나섰습니다. 어쩌면 그 용기는 이래 죽으나 저래 죽으나 같다는 생각에서 파생된 객기일지도 모르겠습니다.

아버지는 자동차 시동을 걸고 어디론가 가려던 참이었어요. 저는 울면서 아버지에게 이렇게 빌었습니다.

"아버지 가지 마세요. 저희가 잘못했어요."
하지만 어린 자식의 절규에도 불구하고

"꺼져! 다 필요 없어. 빨리 안 비켜?
차로 쳐 죽여버리기 전에 저리 비켜!"
아버지는 액셀을 밟으며 저를 더 위협하셨습니다.

이대로 있다가는 정말 차에 치일 것만 같아 두려움에 떨며 길을 비켰습니다. 이런 날에는 정말 죽고 싶다는 생각을 많이 했어요. 그 어린 나이에 차라리 죽는 게 이 고통을 극복할 유일한 방법이라고 확신할 정도였습니다. 제 마음은 확실히 병들어 있었고 삶보다는 죽음에 더 가까워지고 있었습니다. 마음의 감옥에서 벗어날 수 있다는 희망조차 보이지 않았지요.

얼마 뒤에 돌아오신 아버지는 더욱 난폭해지셨습니다. 아버지가 시키는 일을 잘 해내지 못할 때면, 바로 몽둥이로 엉덩이를 맞았습니다. 원래 척척 잘 해내던 일들도 매질이 계속되자 덤벙거리고 실수하기 시작했지요. 이런 환경에서 성장한 저는 언제나 아버지 앞에서 위축되고 주눅이 들었습니다. 아버지가 제 이름을 부르기만 해도 심장이 덜컥 내려앉는 느낌을 자주 받았어요.

저는 제가 보는 것, 듣는 것, 말하는 것, 먹는 것, 행동하는 것을 모두 철저하게 숨기고 통제하기 시작했습니다. 저 때문에 우리 가족이 불행해졌다고 여겼거든요. 저는 완전히 의기소침하고 무기력하며 우울한 사람이 되었습니다. 제가 원해서 소극적이고 내성적인 사람이 된 게 아니라 상황이 저를 그렇게 내몰았습니다.

'난 쓸모없는 사람이야.'
'난 대단하지 않아.'

'잘하는 것도 별로 없어.'

　마음의 감옥에서 저를 지독하게 괴롭히던 말들입니다. 저는 그 말이 틀리지 않았다고 여겼기에 수긍하며 살았지요. 하지만 빛은 어둠 속에서 더 선명해진다고 할까요? 창살 없는 제 마음의 감옥에 작은 햇살이 비친 것인지, 어두웠던 제게도 잘 살고 싶다는 마음이 생긴 순간이 찾아왔습니다. 책을 읽고 있는데 밝은 빛이 저를 휘감는 듯했어요. 그 빛은 제게 이렇게 속삭였습니다.

　"너도 뭐든지 할 수 있는 사람이야."

　살면서 처음으로 들어본 자애의 말이었습니다. 제게 뜨거움을 선사한 마음의 소리는 제가 고통스러워할 때마다 든든한 친구가 되어 주었습니다. 여전히 땅을 보고 걷거나 제 목소리를 내지는 못했습니다만, 혼자가 되면 이따금 하늘을 보며 목소리를 내었습니다. 엄청난 발전이었죠. 그렇다고 제 환경이 나아진 것은 결코 아닙니다.

여전히 저는 아버지의 심기를 건드리는 행동을 할 때면 바로 분노 섞인 욕설을 들어야만 했습니다. 아버지가 무서워 말 한마디도 하지 못했지만 따귀를 맞거나 발길질을 당하면 죽을죄를 지었다고 곧잘 말했습니다. 정말 살고 싶었거든요. 아버지의 채찍질이 끝나면 저는 책을 집어 들었습니다. 독서의 이유는 간단했습니다. 저는 제가 처한 환경과 단절되고 싶었어요. 그리고 책 읽는 저를 아무도 나무라지 않았습니다. 제게 책은 완벽한 방패나 다름없었습니다.

그렇게 영웅들의 일대기를 다룬 책들을 읽으면서 한 가지 재미있는 습관을 얻었습니다. 저를 영웅들과 동일시하게 된 것이죠. 보통 영웅들은 어릴 때 고통 속에서 단련된다는 것을 잘 아실 겁니다. 저는 이 점에 착안해서 지금의 고통을 잘 이겨내면 나중에 저 역시 큰사람이 될 수 있을 것이라고 생각했습니다.

특히 영웅들 중에는 외향적인 사람만 있는 게 아니라 저처럼 내성적인 사람들도 많다는 사실을 알게 되면서 큰 위로를 받았습니다. 아마 어린 마음에 희망을 갖고 싶어서 그랬던 것 같아요. 시간이 지날수록 부모님의 싸움은 더 잦아졌지만 오히려 제 마음은 기대감으로 가득 찼습니다. 마치 영웅이 될 것만 같은 기분으로요!

저는 제가 받은 상처들을 책에서 만난 사람들을 통해서 치유해 나갔습니다. 멋진 사람들은 언제나 책에만 존재했습니다. 물론 제 세계관에서요. 책을 통해서 멋진 사람들이 어떤 마음가짐으로 삶을 살아가는지 배울 수 있었습니다. 그리고 자연스럽게 심리와 무의식의 세계에 대한 관심이 커졌습니다.

식구들끼리 왜 이렇게 싸우며 상처를 주고받아야 하는지 알고 싶었습니다. 이 비루한 삶을 왜 살아야 하는지 알고 싶었습니다. 알지 못하면 죽을 것만 같아 더욱 간절한 마음으로 책에서 답을 찾아내려고 노력했어요. 운이 좋게도 그 답을 찾는 데까지 오래 걸리지 않았습니다. 무의식과 심리에 대한 깊은 관심은 제게 인간관계에 대한 이해와 통찰을 선물로 주었습니다.

아버지는 스스로를 통제할 수 없었던 것이라고 이해하게 되었습니다. 어린 시절부터 시작된 부정적인 영향들이 아버지를 폭력적인 사람으로 만들어버린 것이죠. 이 사실을 알게 되면서 아버지에 대한 원망도 전과는 다르게 조금씩 줄어들었습니다.

마음의 상처는 아주 느리고 세밀하게 치유되었습니다. 정말 다행스러운 일이었지요. 처음부터 상처를 받지 않았더라면 더 좋았겠지만, 인생의 항해에서는 언제라도 폭풍우를 만날 수 있다고 생각하니 마음이 한결 괜찮아졌습니다. 제게는 그저 그 폭풍우가 다른 사람들보다 일찍 찾아온 것이었습니다. 마음의 감옥에 갇혔을 때 일어났던 생각과 모든 감정을 그대로 믿어버렸다면 저는 정말 생을 마감했을 것입니다. 제게 속삭였던 그 작은 빛을 따라왔기에 지금의 제가 있다고 생각합니다.

당신은 당신의 생각보다 강한 사람입니다. 삶의 이곳저곳이 고통스럽고 마음에 들지 않더라도 이 사실은 변하지 않습니다. 아주 가끔은 죽고 싶기도 하고, 모든 관계를 끊어버리겠다고 마음먹을 때도 있겠지만 당신이 강하다는 사실은 자명합니다. 그 사실을 외면하지 않는다면 당신은 다시 일어설 수 있습니다. 그리고 보이지 않는 곳에서 신음하고 있는 사람들에게 또 한 명의 영웅이 될 수 있습니다.

저는 지금부터

제 삶의 산증인으로서

나답게 사는 방법을 당신에게

아낌없이 보여드릴 겁니다.

당신은 저에게

변화의 기적을 보여주십시오.

느끼는 대로
될 거예요

옛날 인디언들은 말을 타고 빠르게 달리다가도 어느 정도 이동하면 잠시 멈추었다고 합니다. 너무 빨리 달리면 영혼이 몸에서 분리된다고 생각했기에 영혼이 다시 몸에 들어올 수 있도록 멈춘 것이지요. 몸과 영혼의 동기화를 몸소 실천한 것이라고 볼 수 있습니다. 현대인의 시선에서는 웃음이 날 법도 하지만, 관점을 조금만 바꾸면 인디언들이 우리에게 주는 지혜를 얻을 수 있습니다.

오늘날 우리는 말의 속도보다 훨씬 빠르게 이동하며 살고 있습니다. 마음속으로 언제나 빨리 달려야만 살아남을 수 있다고 굳게 믿고 있지요. 그래서 현대인은 잠시도 멈추지 못하는 것 같습니다. 빠르게 살 수밖에 없도록 채찍질하는 가혹한 현실을 부정하지는 않겠습니다. 다만 인디언의 지혜를 깨달을 수 있도록 당신에게 질문 하나를 드리겠습니다.

'나는 지금 무엇을 느끼고 있는가?'

사람들은 보통 '생각하는 대로 된다'고 말하지만, 저는 '느끼는 대로 된다'고 말하고 싶습니다. 이는 빠른 세상에서 중심을 잡고 느리게 사는 기술입니다. 많은 사람이 그저 생각만으로 바쁜 삶을 살고 있습니다. 그렇지만, 진짜 깊은 생각을 하고 그 생각을 행동으로 옮기는 사람은 따로 있습니다. 바로 느끼는 사람들입니다. 누구나 생각은 하지만 깊게 느끼면서 생각하는 사람은 소수라는 이야기입니다.

지금 이 세상에는 느낄 것들이 참으로 많습니다. 물론 강제적인 의미에서요. 각종 전자기기를 켜면 수많은 오락물이 쉴 새 없이 터져 나오고 있지요. 또한 중간중간 다양한 상품들이 우리의 마음을 사로잡기 위해 광고라는 이름으로 무진장 애쓰고 있습니다. 이런 현대사회에서는 내가 무엇을 좋아하고 원하는지 깊이 생각하고 느낄 겨를조차 없어 보입니다. 이렇게 내가 무엇을 느끼고 있고, 무엇을 느끼고 싶은지 모른 채로 살다가는 눈앞에 보이는 걸 선택하고 살아갈 것이 자명합니다.

우리의 인생은 유한합니다. 한 사람도 빠짐없이 유한한 시간을 살다가 죽습니다. 공수래공수거의 진리는 누구에게나 같습니다. 제아무리 좋은 집과 차, 귀한 물건을 소유한 사람일지라도 모두 세상에 두고 죽는 것이지요. 그렇다면 우리가 죽을 때까지 갖고 죽을 수 있는 것은 무엇일까요? 바로 이 세상에서 우리가 살아가며 경험했던 감정과 느낌입니다.

좋은 감정과 아름답거나 가슴 벅차거나 행복한 느낌이 많은 사람이라면 죽는 순간에 진정한 부자로 죽는 것이 아닐까요? 그

당신은 생각보다 　멘탈이　강한 사람입니다

러니까 죽는 순간에도 스스로를 멋진 사람이라고 진심으로 느낄 수 있는 삶이라면, 세상의 진정한 주인공으로 살았다고 말할 수 있을 것입니다.

그런 의미에서 무엇인가를 제대로 느끼는 것은 매우 소중하고 가치 있는 일입니다. 한 인간이 살아가면서 느끼는 것들이 모여 결국 '나'라는 존재를 이루게 됩니다. 나아가 자신의 가치까지 자기가 느낀 것으로 측정할 수밖에 없습니다. 그래서 우리는 나 자신이 무엇을 느끼고 살아갈지를 굉장히 중요하게 생각해야 하고 좋은 것을 느끼며 살기 위해 노력해야 합니다.

여기서 중요한 점은 남들이 느끼는 대로 느낄 필요는 없다는 것입니다. 인간은 모두 다른 존재이기에 아무리 같은 조건과 상황이라도 다르게 느낄 수밖에 없습니다. 보통 사람들이 갖고 있는 상식이나 유행을 의식하고 생활하면서 그것에 맞춰 느끼려고 한다면 우리의 사고도 그 평균에 맞춰질 것입니다. 그렇게 되면 주체적이고 창조적인 삶은 만들어지지 않습니다. 다시 끌려다니는 삶을 살게 될 뿐이지요.

　그러니 남의 기준에 맞추지 말고 최대한 주체적으로 느끼세요. 그리고 느려지세요. 너무나 빠르게 달려 몸에서 영혼이 분리되는 것을 우려했던 인디언들처럼 잠시 쉬었다 가기를 바랍니다. 느려지는 것은 주체적으로 느끼는 삶을 위한 첫걸음입니다. 습관이 들면 더욱 의미 있는 것을 느끼고 싶은 동기부여가 될 것입니다. 한층 성숙한 삶을 살게 되는 것은 덤입니다.

　무엇보다 잠시 멈추면
　당신이 보이게 될 거예요.

고개를 숙이면
기운도 빠져요

살다 보면 나보다 더 능력이 좋아 보이는 사람을 만나게 되는 경우가 있습니다. 그럴 때면 심리적으로 위축되어 주눅이 들게 되지요. 이럴 때 멘탈이 강한 사람은 상대에게 비결이나 노하우 등을 직접 물어볼 수 있겠지만, 멘탈이 약한 사람에게는 대화를 거는 일조차 엄청난 도전입니다. 너무나 궁금해서 알고 싶지만 자신의 성향을 탓하며 그냥 단념하는 일이 허다하죠. 문제는 그러다 보면 점점 더 의기소침해져 의욕이 상실된다는 것입니다. 이 부분에서 멘탈이 약한 분들이 꼭 알았으면 하는 게 있습니다.

사람은 자기의 장점이나

능력에 대한 타인의 물음을

매우 선호한다는 사실이에요.

우리의 물음에 대한 상대방의 표현 방식이 적극과 소극으로 나뉠 뿐, 상대방은 내적으로는 강한 기쁨을 느끼고 있다는 뜻입니다. 저 역시 스무 살 이전에는 남들에게 쉽게 요청하거나 제안하지 못했습니다. 하지만 앞서 말한 사실을 알게 된 후로는 점차 질문의 횟수가 늘게 되었지요. 우리는 이런 인간의 특성을 잘 이용해야 합니다.

초행길이라 길을 모르겠다면 그 동네 사람에게 길을 물으면 됩니다. 그럼 그 사람은 자기가 자신 있게 아는 것을 알려주면서 기분이 좋아질 것입니다. 일종의 우월감을 느끼도록 우리가 그 사람에게 허락했기 때문입니다. 사람은 자신이 알고 있는 것을 말하면서 기분이 고조된다는 점을 잊지 마세요.

이런 이유로 나보다 더 대단한 사람들에게 다가가는 것을 어렵게 생각할 필요가 없습니다. 능력이 뛰어난 사람들을 만나고 그들의 사고와 행동을 자연스럽게 배우다 보면, 어느덧 그들과 어깨를 나란히 한 당신을 마주하게 될 것입니다. 그러니 일단 그들의 강점을 인정하고 그것에 대해서 자연스럽게 이야기하세요. 궁금한 점이 있다면 주저하지 말고 입을 여세요. 시간이 허락하는 한 친절하게 도움을 주려고 할 것입니다. 그때 우리가 할 일은 진심으로 고마움을 표하는 것입니다.

사람들이 고개를 숙이고 의기소침하게 살아가는 이유는 생각보다 간단합니다. 실수를 해봤기 때문입니다. 실수가 준 패배감과 좌절감 등의 정신적 충격이 자꾸 주저하게 만드는 것이지요. 또 실수하는 게 걱정되어 도전하지 않는 사람들이 많습니다. 저는 이를 극복하기 위해 찾아온 내담자들에게 왜 실수를 하게 되었는지 깊이 생각해 보라고 조언합니다. 그러면 제대로 된 방법을 모르고 시도했다고 말합니다.

철저한 준비 과정을 거치지 않았기에 실수하게 되었고, 실수에 대한 두려움이 생겨 악순환이 거듭된 것입니다. 방법을 제대로 몰랐다면 잘하는 사람에게 배우지 못했던 것뿐입니다. 당신의 능력이 부족해서가 아닙니다. 무언가를 잘하고 싶다면 그것을 잘하는 사람들과 어울려서 배우면 됩니다.

혼잡한 거리에서 고개를 숙이고 지나가면 사람들에게 이리저리 치이게 됩니다. 앞을 보며 얻을 수 있는 정보가 없으면, 타인들의 움직임에 맞춰 피하거나 아예 대응하지 못하게 됩니다. 무엇보다 고개를 숙이고 가는 사람을 존중의 마음으로 대하는 사람은 거의 없습니다. 거추장스럽다고 느낄 뿐이지요.

하지만 당신이 어떤 지점을 명확히 바라보면서 당당하게 걷는다면 사람들은 분명히 당신을 인정하게 됩니다. 당신이 가는 길을 방해하지 않으려고 옆으로 피할 것입니다. 고개를 숙이고 몸을 움츠리면 곧바로 당신의 기운도 빠지게 돼요. 긍정적인 감정과 부정적인 감정이 우리의 몸에서는 완전히 다른 결과로 나

타나는 게 바로 이런 이유에서입니다. 체내의 에너지가 감정에 따라서 완전히 변화하는 것을 쉽게 확인할 수 있습니다.

우리의 멘탈은 나 자신뿐만 아니라 상대방에게도 영향을 준다는 사실을 꼭 기억하세요. 고개를 숙이는 순간 당신의 기운도 빠지게 되어 있습니다. 기운이 빠지면 멘탈의 원천을 잃는 것입니다.

세상은 참으로 혼잡합니다. 그래서 늘 두려움의 대상이지요. 그러나 단순히 고개를 들고 세상을 바라보는 것만으로도 두려움의 함정에서 벗어날 수 있습니다. 쓸 만한 정보를 얻게 되니까요. 그러니 고개를 숙이지 말고 고개를 들어 정면을 보세요. 그래도 할 만하다는 마음이 생기실 겁니다.

세상에서 가장 소중한
당신이에요

　예의범절은 시대를 막론하고 가치 있으며 아름다운 문화라고 생각합니다. 다만 이런 문화를 중요시하는 나라에서 산다는 건 조금 다른 문제인 듯합니다. 상하를 구분하고 약자를 배려하는 자세는 인간을 인간답게 하는 미덕이지만 뭐든 도가 지나치고 과하면 좋지 않겠지요. 상담을 하다 보면 '나보다 남을 먼저 생각해야 한다'는 지나친 배려심이 가득한 분들이 계세요. 이 부분을 좀 짚어서 살펴볼 필요가 있겠습니다. 남을 위하는 마음은 좋지만 스스로를 망가뜨리면서까지 이타적인 마음을 갖는 건 잘못된 일이니까요.

지하철을 탈 때 저는 빈자리가 보이면 앉는 편입니다. 지하철에 빈자리가 있는지를 엄청나게 신경 쓰지는 않지만, 지하철에서도 책을 읽는 저로서는 빈자리가 있으면 감사하게 생각하지요. 저보다 더 나이가 드신 고령자나 어린아이가 있다면 당연히 자리를 양보합니다. 자리에 앉았다고 죄책감을 갖거나 앉지 못했다고 불쾌한 마음을 갖지 않습니다. 앉으나 서나 독서에 집중하지 주변을 두리번거리면서 자리를 의식하지 않는다는 말입니다.

"내 코가 석자"라는 속담을 잘 아실 겁니다. 자신의 상황이 힘들 때는 남을 생각할 수 없고 생각하더라도 그것은 어리석은 자들이 하는 행동이 되겠지요. 삶의 전반에 빨간불이 들어왔다면 자신부터 돕는 게 맞습니다. 스스로를 위해 최선을 다해야만 마음속에 불만이 없어지고 그래야 비로소 남도 생각할 수 있게 됩니다. 타인에게 도움이 되고자 하는 모든 행동에 진정성도 담기게 되겠지요. 삶이 불편하고 불만족스러운 상태에서 남을 배려하고 챙긴다는 것은 대부분의 사람들에게 불가능한 일입니다. 가능하더라도 반드시 한계에 다다르는 때가 옵니다.

타인을 진정으로 생각하고 보탬이 되고자 한다면 반드시 더 크게 생각해야 해요. 남을 생각한다는 것은 정말 좋고 멋진 생각이지만 그것이 실제로 의미 있으려면 남에게 도움을 줄 수 있는 어떤 실체가 필요합니다.

그러므로 타인에게 도움이 되는 의미 있는 행동을 하기 위해서는 나를 제대로 먼저 살리는 일부터 선행되어야 합니다. 무조건적으로 이타적인 마음을 갖는 게 해결책이 될 수 없습니다. 당신이 한 가지 분야에서만이라도 이 세상에서 필요로 하는 지식이나 기술의 수준을 제대로 쌓을 수만 있다면, 그것이 진정으로 남을 위한 길입니다.

'자신을 먼저 생각하라'는 말은 '이기주의자로 살아가라'는 뜻이 아닙니다. 당신이 이 세상의 주인공임을 믿으라는 이야기입니다. 당신이 타인과의 관계에서 부담을 느낄 때마다 마음이 편안해지도록 도울 확언 한 문장을 준비했습니다.

"내가 세상의 주인공이다."

이 문장을 자주 되뇌어서 무의식에 깊게 새겨지도록 해야 합니다. 내가 주인공이 되겠다는 것은 더 많은 것을 갖고 누리겠다는 의미도 있지만, 그만큼 주인공답게 남들보다 더 큰 책임을 지고 살겠다는 것을 뜻합니다. 주인공은 남보다 솔선수범해야 하고 더욱 긍정적이어야 하며 발전해야 하는 존재입니다. 반드시 계획을 잘 세우고 스스로 챙겨야 하지요.

그런 의미에서 남을 먼저 챙기지 않아도 괜찮다고 당신을 위로하고 싶습니다. 남을 돕지 않았다고 우리 자신을 무가치한 존재로 여길 필요도 없습니다. 스스로 선택하면 됩니다. 자, 앞에서 말씀드린 확언을 입 밖으로 소리 내어 말해보길 바랍니다. 한결 기분이 나아질 겁니다.

세상에서 가장 소중한 존재는 나 자신이라는 사실을 잊지 마세요. 소중한 당신을 더욱 귀하게 만들어가는 데 필요한 모든 노력은 오직 당신의 깊은 내면인 멘탈에서 발현되어야 합니다.

　　세상에서 가장 좋은 책을

　　스스로에게 선물하세요.

　　세상에서 가장 좋은 인연을

　　스스로에게 맺어주세요.

　　세상에서 가장 좋은 음식을

　　스스로에게 대접하세요.

　　이런 노력을 진정성 있게 한다면

　　마음의 부담 없이도

　　타인에게 선물과 같은 사람으로

　　살아갈 수 있을 것입니다.

당신은
언제나 옳습니다

"Whether you think you can

or you think you can't, You're right."

"당신이 할 수 있다고 생각하든,

할 수 없다고 생각하든 당신의 생각은 옳다."

처음 이 말을 들었을 때, 저는 일말의 의심도 품지 않았습니다. 의심할 필요가 없을 정도로 자명했거든요. 그리고 시간이 지날수록 자동차왕 헨리 포드가 이 말에 담은 가치를 더 깊게 인정하게 되었습니다.

　일을 할 때, 어떤 사람은 그것을 잘할 수 있다고 생각하면서 성공적으로 수행하는 모습을 상상할 겁니다. 하지만 이런 대범한 마음을 먹는 사람들은 소수겠지요. 사람들은 보통 처음 보거나 복잡해 보이는 일과 마주했을 때, 할 수 없다는 생각으로 머리를 가득 채웁니다. 그리고 이 일이 얼마나 위험하고 어려운 것인지 설파하며 자신을 방어하기 급급합니다. 결국 실패하는 모습이 성공하는 모습보다 압도적으로 그려지면 자포자기에 빠지게 되지요.

　헨리 포드의 말에 제가 조금 보태면, 우리가 통제할 수 없는 무의식의 생각으로부터 성공과 실패, 둘 중 하나의 결과가 나옵니다. 할 수 있다고 생각하든 할 수 없다고 생각하든 그 생각의 차이가 결국 결과로 이어져서 그렇습니다. 할 수 있다고 생각하면 해낼 수 있고, 할 수 없다고 생각하면 해내지 못한다는 이 단순한 원리가 성패를 가르는 핵심입니다.

제가 이쯤에서 당신에게 요청하고 싶은 것은, 성공과 실패의 원인이 당신의 생각에 달려 있음을 마음 깊이 받아들이라는 점입니다. 모든 일은 잘될 수 있고 잘 안될 수도 있어요. 하지만 잘된다고 믿으며 행동할 때와 안된다고 생각하며 행동할 때는 전혀 다른 결과를 내놓습니다. 그 이유는 바로, 된다고 말하는 사람은 되는 이유를 찾고 안 된다고 말하는 사람은 안 되는 이유에만 무의식적으로 집중하기 때문이에요.

안 된다고 생각하는 순간 두뇌는
안 되는 이유를 찾을 것이고(선택적 지각),

안 된다고 생각하는
같은 부류의 사람들과 어울릴 것이며(유유상종의 법칙),

안 된다는 부정적 생각이
점점 고착화되어 대물림을 하게 됩니다(카르마 법칙).

저도 한때 돈을 버는 일을 힘들고 어렵게 생각하며, 제가 처한 상황을 변화시키는 게 불가능하다고 믿었습니다. 그 믿음이 파생된 곳은 아버지의 막대한 빚도 아니었고, 저의 무능력도 아니었습니다. 제 주변에는 안 된다고 말하는 사람들이 수두룩했다는 것, 그게 제 목을 옥죄며 옴짝달싹하지 못하게 만들었던 것이지요.

사는 일은 그 자체로 힘들며, 할 수 없는 게 많다는 말을 계속 들으면서 제 무의식도 그렇게 변해갔습니다. 하지만 무의식의 존재에 대해서 보다 세밀하게 알게 되었을 때부터는 달라졌습니다. 원래부터 긍정적이거나 원래부터 부정적인 사람들은 세상에 없다는 사실을 알게 된 것이지요.

단지 주변 사람이나 환경으로부터 받은 암시대로 사람은 말하게 되고 생각하게 된다는 것을 깨달았습니다. 그런 깨달음으로 저 자신을 돌이켜 볼 수 있었습니다. 그것은 저에게 면죄부 역할을 했어요. 제가 부족하고 모자라서 지금까지 못한 것이 아니라 주변의 악영향 탓에 힘들었다는 걸 알게 되면서 광명을 찾은 듯했습니다. 그날부터 저는 안 된다는 생각을 무의식에 담고 살아가는 사람들과 거리를 두었습니다.

된다는 생각을 무의식에 담고 살아가는 사람들과만 어울려야겠다고 생각했고 그것을 지켰습니다. 하지만 인맥도 없고 좋은 환경에서 자란 것도 아닌 제가 처음부터 그런 사람들을 만나기란 쉽지 않았습니다. 저는 현실을 직시했고 곧장 도서관으로 향했습니다.

도서관에서 책을 통해 만난 수많은 사람은 그야말로 '된다는 생각으로 무장한 사람'이었습니다. 책을 읽고 감동하면서 무의식을 정화시켰지요. 책에서 얻은 깨달음이 제 몸을 부르르 떨게 만드는 날도 많았습니다. 어느덧 '하면 된다', '나도 할 수 있다'라는 생각이 왠지 모를 뜨거운 기운이 되어 저를 감싸고 있다는 느낌이 들었습니다. 무언가 또렷하게 보인 것은 아니었지만 모든 일이 잘되리라는 강한 확신을 갖게 되었습니다.

지금 이 순간에도 저는, 제 무의식에 좋은 것들이 가득하기를 간절히 바랍니다. 그렇게 하기 위해 제가 원하는 목표에 계속 집중하려고 노력합니다. 저는 제 생각의 소산이기 때문에 의식적인 노력을 하는 것이지요.

그런 의미에서
우리의 생각은 언제나 옳습니다.

할 수 있다고 믿든
할 수 없다고 믿든 간에.

난, 나야!

인생을 살아가다 보면 여러 문제에 봉착할 때가 많을 거예요. 저 역시 그런 사람 중 한 명이었거든요. 운 좋게 기회가 왔을 때도 우물쭈물하는 사이에 남들이 그 기회를 채 갔습니다. 또한 상대방에게 쑥스러워서 이야기하지 않았는데, 오히려 오해가 생겨나 사이가 소원해진 적도 많았지요. 조금 더 과감하게 결정하고 상대방에게 편안한 마음으로 쉽게 말할 수 있었다면 좋았을 텐데, 그러지 못해 후회한 날도 많습니다.

이래저래 멘탈이 약한 사람들은 자기 밥그릇 챙기기가 좀 더 어려운 것처럼 보입니다. SNS에서 사람들이 저마다 멋진 사진이나 영상을 올리며 자신이 어떤 존재인지를 뽐내는 것을 보고 있으면 더 그렇습니다. 멘탈이 약한 사람들이 SNS에 자신의 사진을 올리는 것 자체도 쉬운 일은 아니거든요. 어찌 보면 이토록 잘난 사람들 가운데 정신력이 뒷받침되지 않는 사람들이 심리적으로 위축되는 건 자연스러운 일입니다.

다만 스스로 뭔가 뒤처지는 듯한 느낌을 받거나 세상에 어울리지 못한다고 생각하는 게 문제입니다. 이 세상은 멘탈이 약한 사람들을 용인하지 않는 세상이라고 느낄 수도 있지요. '난 이 세상에 안 어울리는 사람이야', '난 부적응자인가 봐'라는 생각이 만들 심리적 암흑세계를 상상하면 정말 끔찍합니다. 이런 문제는 생각의 관점을 변화시키면 아주 간단히 해결할 수 있습니다.

저도 오랜 시간 멘탈이 약했고 내성적인 성향 때문에 고통 속에서 신음했습니다. 불확실성에 두려워했고 누군가가 저를 해코

지할까 걱정이 많았지요. 지금은 이를 극복해 저처럼 무의식에서 보내는 신호로 괴로워하는 분들을 대상으로 심리치료를 하고 있습니다. 이런 제가 드릴 수 있는 확실한 한마디가 있습니다.

"난, 나야!"

미국의 청바지 브랜드인 리바이스가 국내에서 선보인 광고가 하나 있습니다. '난, 나야!'라며 강렬한 메시지를 남기는 광고였는데요. 당시에 이 메시지가 선풍적 인기를 끌어 젊은이들이 너나없이 여러 형태로 패러디했습니다. 지금도 이 메시지를 담은 콘텐츠들이 많이 생산되고 있지요. 이 짧은 메시지에 어떤 매력이 있기에 지금까지도 활용되고 있을까요?

원리는 간단합니다. '난, 나야!'라고 말하며 살 수 있는 사람이 많지 않기 때문이지요. 이 세 글자에 담긴 의미를 찬찬히 곱씹어 보면, 내게 남과는 다른 특성이 있다는 것을 선언하고 개성을 적극적으로 드러낸다는 것을 알 수 있습니다. 그러니까 '대다수의 남들'과 다른 '나'를 말하는 것이지요. 그럼 여기서 말하는 대다수의 남들은 어떤 사람들일지 예상이 가시나요? 바로 주어진 환경대로 길들여지고 순응하면서 살아가는 사람들입니다. 즉, 남들과 다른 '나'는 주어진 환경을 극복해 변화시키면서 살아가는 존재가 되는 것입니다.

주어진 환경에 안주하지 않고 상황을 변화시킬 수 있으려면 굉장히 많은 시간을 공부하고 노력해야 합니다. 귀에 딱지가 앉도록 들었던 말이겠지만, 이는 아무리 강조해도 지나치지 않습니다. 주어진 상황을 변화시킬 수 있는 힘은 바로 지식을 실천할 때 발휘되기 때문이지요. 그러니까 '난, 나야!'라고 속으로 외치면서 한 분야에 오랜 시간을 쏟아 전문지식을 갖추는 노력에 집중하세요.

그래야 '난, 나야!'라는 당신의 선언에 힘이 실리게 되고 남들도 인정하게 될 것입니다. 아무리 멘탈이 강한 사람이라고 해도 '난, 나야!'를 자신 있게 말할 수 있는 강력한 지식의 세계가 구축되지 않으면, 그저 그런 성향을 지닌 사람일 뿐입니다. 일시적으로 주목받을지는 몰라도 주인공의 자리에 설 수는 없습니다.

세상이 돌아가는 형국이 당신의 기대와 달라도 실망하지 않았으면 좋겠습니다. 결국은 삶을 얼마나 진심과 성의로 대하느냐의 문제입니다. 그게 곧 강한 정신력을 갖는 길이기도 하고요. 누구나 세상의 주인공이 될 수 있고, 그게 당신이라면 더더욱 좋겠습니다.

이 말을 해주고 싶네요.

"넌, 너야!"

자애심을 갖고 싶다면
이렇게 해보세요

그 어떤 일도 강철 멘탈로 쉽고 대담하게 결정하며 척척 해내는 이들을 보면 어떤 기분이 드시나요? 제 경험에 비추어 봤을 때, 제가 그들보다 더 열심히 뛰고 있는데도 제자리걸음을 한다는 느낌을 많이 받았던 것 같습니다. 그리고 그들과 저를 계속 비교하면서 헤어날 수 없는 심리적 늪에 빠진 적도 많았지요. 만약 당신이 저와 같은 상황이라면 지금부터 하는 이야기를 귀담아 듣기 바랍니다.

여러분이 보았던 그 사람들은

하루아침에 강철 멘탈의 수준에 오른 것이 아닙니다.

우리는 늘 이 부분을 간과해 쉽게 포기합니다.

그들은 삶의 아주 작은 일부터 스스로 결정을 내렸던 사람들입니다. 타인의 말과 행동에 일희일비하지 않고 주체적인 행동을 한 사람들이지요. 특히 결과에 연연해하지 않았습니다. 자신이 내린 결정이 옳다고 여기고 경험을 쌓아가면서 강한 확신을 갖게 되었을 뿐이지요. 그래서 우리가 자못 큰일이라고 생각하는 상황에 처해도 강한 멘탈을 발휘할 수 있었던 것입니다.

그들도 사람이기에 많은 시행착오를 겪었을 겁니다. 그로 인해 기가 꺾이고 인생을 탓하는 시간도 분명 있었을 것입니다. 이런 사정을 알 리 없는 사람들의 입장에서는 그렇게 대담한 결정을 내리는 사람이 한없이 커 보일 테고, 자신과는 다른 수준의 사람으로 느껴질 수밖에 없을 겁니다. 이는 곧 스스로를 초라한 사람이라고 확신하게 되는 지름길입니다.

대담하다는 것은 무엇일까요? 겁이 없고 용감한 기운이 있다는 의미입니다. 세상에 어떤 사람이 나면서부터 담력을 갖고 있을지요? 전설이나 신화 속에서나 찾을 수 있을 것입니다. 대大는 작은 것부터 차곡차곡 다져진 뒤에 도달할 수 있는 경지입니다. 대범한 사람들은 삶의 아주 작은 일부터 스스로 결정을 내렸다고 말씀드렸다시피 어느 날 갑자기 바로 그 수준에 오른 것이 아닙니다. 처음부터 대大를 기대할 수 없는 법이지요.

문제는 처음부터 대大에 도달하지 못했다고 체념하는 마음가짐입니다. "천 리 길도 한 걸음부터"란 말을 명심해야 합니다. 매일 노력하고 계속 성장하려는 마음이 진심으로 굳어진 사람이라면, 지속적인 노력의 시간을 통해 자신을 반드시 대담해지게 만들 것입니다. 저는 이 인고의 시간을 다른 말로 '성실'이라고 표현하기도 합니다. 자신의 성장을 위해 하루하루 성실하게 임하는 사람들은 크게 될 수밖에 없습니다.

사람과 사물을 볼 때, 지금 눈에 보이는 그 상황만 보지 마세요. 그 사람과 사물에 담긴 시작을 음미할 줄 알아야 합니다. 그래야 배우고 적용할 수 있어요. 그렇지 않으면 또 포기하게 됩니다. 도전할 수 없게 됩니다. 집안의 빚이 2억 원이 넘었던 시절, 20대였던 저는 이 훈련을 심도 있게 행했습니다. 그 결과, 성공한 사람들의 시작에는 미치도록 뜨거운 의지와 열망과 진심이 있다는 걸 알게 되었지요. 그날부터 제 인생은 완전히 바뀌기 시작했습니다.

인간은 모두 맨몸으로 태어납니다. 목도 못 가누는 무기력한 존재로 태어나는 것이지요. 이는 의심할 여지가 없습니다. 아무리 대단해 보이는 사람일지라도 처음에는 맨손이었다는 것을 강조하고 싶었습니다. 저는 이 점을 항상 상기했고 저보다 먼저 태어나 성공을 거둔 분들을 젊었을 때부터 대담하게 만날 수 있었습니다. 더 이상 작아질 이유도, 작게 생각할 필요도 없었습니다. 자신을 아끼고 사랑할 줄 알게 되었기 때문이지요.

당신이 자애심을 갖출 수 있도록

제가 직접 쓴 확언을 마음 담아 전합니다.

스스로가 미워질 때,

환경이 불합리하다고 느껴질 때,

새로운 일 앞에 두려워질 때,

남과 비교하는 마음이 앞설 때,

이 확언을 꼭 읽어보세요.

성난 파도였던 마음이

잔잔하게 변할 것입니다.

- 세상에 처음부터 잘하는 사람은 없습니다.

- 지금 잘하는 사람은 오랜 시간 노력한 사람일 뿐입니다.

- 난 매일 노력하고 매일 발전하는 삶을 살아가고 있습니다.

- 세상 어떠한 힘도 나를 막아낼 수 없습니다.

- 나는 성실히 노력하는 사람입니다.

- 나만큼 노력할 수 있는 사람은 아무도 없습니다.

- 이렇게 노력하는 나를 하늘도 반드시 도와줄 것입니다.

긍정의 언어로
삶을 채우세요

유독 자신에 대한 질책이 심한 사람들이 있습니다. 보통 사람들은 실수를 하더라도 괴로운 마음을 쉽게 털어내기도 하는데, 어떤 사람들은 자신의 실수를 계속 마음속에 담아두면서 과하게 자책하는 경우가 많은 듯합니다.

왜 자신을 질책하게 될까요?

첫째, 현재 모습을 미래의 모습으로 착각하기 때문입니다.

지금의 부족한 모습을 미래의 모습인 것처럼 생각하는 버릇을 갖고 있는 셈입니다. 난 부족하니까 5년, 10년 뒤에도 여전히 부족할 거라고 무의식적으로 생각해 자신을 질책하는 것이지요.

우리의 삶은 죽음을 맞이하기 전까지 계속 이어지고 나아갈 뿐입니다. 죽음이 도래하기 전까진 끝난 것이 아니기에 계속 노력하면서 성장하는 것을 목표로 삼아야 합니다. 마음을 바로잡고 굳은 결심을 갖추는 것만으로도 세상은 달라 보입니다. 계속해서 노력하는 사람들이 보이고 그들이 하는 말만 귀에 들리기 시작하지요. 끝까지 노력하고 제대로 된 인생을 산 사람들에게 배우려는 마음을 갖추면, 스스로를 질책하는 데 쓰던 에너지가 발전을 위해 쓰이게 됩니다.

둘째, 인간은 완벽해야 한다고 믿기 때문입니다.

인간은 완전하지 않은 존재예요. 완전하지 않기에 우리에게는 꾸준한 노력이 필수입니다. 불완전한 존재가 노력하다 보면 실수할 때도 많을 수밖에 없겠지요? 인간은 끊임없이 실수하게 되고 또 실수로부터 배우고 성장하는 존재입니다.

자신에게 조금만 더 너그러워지세요. 실수하는 건 당연한 일이며 실수하는 사람만이 성장할 수 있습니다. 중요한 건 실수를 했다는 사실 자체가 아니라 실수를 통해 무엇을 느꼈느냐는 것입니다. 실수를 스승이라고 생각하세요. 그 안에 깃든 진리를 내면화한다면 큰 성장을 이룰 것입니다.

셋째, 당신의 의지와는 별개로 무의식이 질책하는 것입니다.

'난 왜 이것밖에 안 될까?', '난 쓸모가 없어', '역시 이렇게 될 줄 알았어', '내가 잘하는 게 뭐가 있겠어?' 읽기만 해도 기운이 달아나는 말입니다. 이런 자책을 과하게 하고 있다면 그것은 자신이 스스로 만들어낸 것은 아닙니다. 부정적 성향의 사람들에게 둘러싸여 형성된 어두운 무의식이지요. 이렇게 어두운 무의식의 작용은 멘탈에 고스란히 전달됩니다.

세상에서 가장 소중한 것은 나 자신입니다. 가장 소중한 나를 질책하고 비난할 이유는 없습니다. 가장 아껴야 하고 보살펴야 하며 정성을 다해야 합니다. 그런 의미에서 자책은 가장 나답지 못한 일인 셈이지요.

그러니 자신을 과도하게 비난하는 모습을 자각하면, '아, 이건 내가 의도한 것이 아니다'라는 말로 생각의 방향을 틀어버리세요. '내가 지금 많이 힘들어서 남들이 나에게 주입한 부정적인 생각을 하게 되었구나!', '이건 내가 원하는 것이 아니야!', '내가 지금 원하는 것은 바로 이거야!', '난 질책이 아니라 발전을 원해!'라고요.

당신의 무의식이
긍정의 언어로 가득해져
멘탈이 강해질 때까지.

아주 적게 아주 천천히
아주 깊게 하세요

저는 어릴 때부터 상당히 내성적이었습니다. 제 안에서 움트는 목소리를 입 밖으로 냈다가는 혼나는 일이 더 많았거든요. 실수를 저지르거나 말귀를 못 알아들어 문제가 생길 때마다 저는 저 자신을 깊숙이 숨겼습니다. 그게 더 마음이 편했고, 스스로 터득한 생존 방식이었습니다.

앞에서 말씀드렸듯이 제가 나고 자란 환경은 온갖 불평과 안되는 이유들로 가득한 세상이었습니다. 아주 작고 사소한 실수도 과격한 비난으로 이어졌으니까요. 제게 그런 말을 하는 사람들이 없을 때마저 저의 내면에서 부정적인 목소리가 들릴 정도였습니다.

심리학을 공부하며 이런 제 행동이 개인의 문제가 아니라는 것을 깨달았습니다. 문화적 소산임을 알게 된 것이지요. 저는 소름이 돋을 정도로 기뻤습니다. 제 탓이 아니라는 해방감이 주는 안도란 말로 형용할 수 없는 기쁨이었습니다. 게다가 남루한 인생을 바꿀 수 있다는 강한 확신이 생겼지요.

내성적인 사람들은 자신의 생각을 겉으로 터놓지 않고 속으로 생각하는 경향을 갖고 있습니다. 반면에 외향적인 사람들은 마음의 움직임을 적극적으로 나타내는 경향을 지니고 있습니다. 이런 구분은 당연히 둘 중에 누가 더 성공하기 쉬운지 상상하게 합니다. 결론은 항상 외향적인 사람의 압도적인 승리를 점치게 되지요. 그러나 이는 완전히 잘못된 생각입니다.

성공은 내성적이거나 외향적인 성향에 따라 결정되는 것이 아닙니다. 이에 대한 분명하고 확실한 대답이 있어요. 바로 자기 자신의 환경과 조건 속에서 진리나 법칙을 내면화시켜 발현시키는 사람이 성공하게 된다는 사실입니다. 그래서 외향적인 성향을 갖기 위해 노력하는 일보다 수많은 지식을 올바르고 적절하게 내면화시키는 일이 더 중요합니다.

심리 상담을 하다 보면 많은 분이 MBTI나 성격검사를 방패 삼아 자신의 성격과 성향을 구분 짓습니다. 검사 결과를 통해서라도 자신에 대해서 이해하고 싶은 간절한 마음에서 비롯된 행동이지요. 상담 시간이 무르익으면 자신의 삶을 지독히도 괴롭히는 원인을 '내성적 성향'이라고 말합니다. 하지만 자신이 힘든 이유가 내성적인 사람으로 태어나서 그런 것이라고 믿어버리면 상황은 더욱더 악화될 뿐입니다. 지금의 고통을 어쩔 수 없이 계속 이어가야 한다는 태도나 다름없기 때문입니다.

삶이 힘들 때, 그 원인을 내부에서 찾기보다 외부에서 찾으려고 눈을 돌리는 건 자연스러운 현상입니다. 스스로가 부족해서 힘든 것이 아니라 어쩔 수 없는 상황이나 타고난 성격 탓이라고 믿고 싶지요. 조금이나마 열등감에서 벗어날 수 있기 때문입니다. 그렇다고 이런 미봉책에 불과한 유혹에 자꾸 넘어가면 상황은 더욱 곤고해지게 됩니다.

결론부터 말씀드리면, 내성적이라는 한계 자체가 필요 없다는 말씀을 드리고 싶습니다. 그냥 마음에서 지우길 바랍니다. 인간에겐 내성적이거나 외향적인 성향이 동시에 작용하고 있기 때문입니다. 누구나 동시에 갖고 있는 성향을 굳이 한쪽으로 확정한 채로 살아가는 분들을 보면 너무나 안타깝습니다. 과거의 저를 보는 것 같아서 더욱 마음이 쓰입니다.

내성적인 사람이라는 마음의 족쇄를 풀어내려면 자신을 믿는 수밖에 없어요. 이렇게 말하면 당신은 아마 이렇게 물을 겁니다.

"이제 와서 저 자신을 어떻게 믿으라는 거죠?"

그 마음, 충분히 이해합니다. 어쩌면 제 말이 허무맹랑하다고 느껴질지도 모르겠어요. 자신을 믿는 방법을 이야기하기 전에 짚고 넘어가고 싶은 부분이 있습니다. 당신은 언제부터 내성적이었나요? 그리고 그런 결정은 누가 내렸나요? 모르긴 몰라도 스스로의 성향을 완전히 판단하기 전에 주변인의 의견이 개입되었다는 것을 부정하기 어려울 겁니다. 당신의 선택보다 당신을 내성적이라 규정하는 환경이 우선시되었다는 말입니다. 심지어 전문가의 의견도 포함되지 않았지요.

그렇게 심리전문가가 아닌 사람들의 이야기를 들으며 시나브로 자신이 내성적인 사람임을 굳게 믿어버렸을 것입니다. 당신을 내성적이라고 말하는 외부 자극이 없더라도 내성적이라는 자기 인식 속에 갇힌 상태로 성장했을 테죠. 당신은 사실 내성적인 사람이 아닐지도 모른다는 말을 하고 싶었습니다. 내성적인지 외향적인지 구분하는 것 자체가 무의미하니까요.

전제가 있다면 자신을 믿기 위한 행동은 매우 단순해집니다. 당신에게 필요한 전제는, 이미 멋지게 살아간 사람들이 공통적으로 지키고 있는 법칙과 진리를 최대한 내 것으로 내면화시키는 일입니다. 더 중요한 것은 이 진리를 행동화하는 일이고요.

아주 작은 일부터 아주 적게, 아주 천천히, 아주 깊게 실천하세요. 소소한 성취감이 쌓여 자신이 내성적인 사람이란 생각 자체를 하지 않게 되고 스스로에 대한 믿음이 강해질 것입니다.

잘될 수 있다고 강하게 믿으세요.
이게 모든 일의 시작입니다.

2장

타인과 마음이 잔잔하게 교감하기

길을 아는 것과 걷는 것은
완전히 다른 일입니다

사람은 저마다 다르며 고유성이 있다는 것을 부정하기란 어렵습니다. 멀리서 찾을 필요도 없어요. 가까이 있는 형제만 보더라도 단번에 알 수 있습니다. 같은 부모에게서 태어났지만 조목조목 따져보면 다른 점들이 많기 때문이지요. 이렇게 피가 섞인 형제도 다른데 남이라고 오죽할까요?

그렇지만 우리 사회에서는 같은 생각과 행동을 강요받게 되는 경우가 많은 듯합니다. 소통할 때도 '우리가 남이가?'라는 느낌을 서슴없이 표현하며 동질성을 강요하지요. 이는 개인의 고유성보다 집단의 획일성을 더 중시한 결과라고 볼 수 있습니다.

소통을 능숙하게 해내는 분이든 그렇지 못한 분이든, '다름'을 '잘못'이라고 생각하며 살아가는 사람들이 참 많습니다. 다름과 잘못은 서로 다른 개념이라는 걸 알면서도 무의식에서 제대로 정립이 안 된 것이지요. 이런 무의식까지 바꾸려면 상당한 시간이 필요합니다. 그래서 뜻한 바를 명확하게 표현하고 의도에 맞게 소통하고 싶다면, 당신이 변하는 게 더 빠릅니다.

우리는 그간 "모난 돌이 정 맞는다", "가만히 있으면 중간이라도 간다"라는 말들을 너무나 많이 들어왔어요. 심지어 거룩한 경전이라도 되는 것처럼 이런 유의 말을 되뇌며 살았습니다. 이런 태도는 말에 대한 의지를 꺾습니다. 정답을 알더라도 위압감에 눌려 입을 떼는 일조차 포기하게 되지요.

소통에서 해야 할 말을 제대로 말하지 못한다는 건 상당히 불리해지는 일입니다. 나의 고유성과 개성을 발휘해야 매력이 생기고 새로운 기회의 장을 열 수 있는 법이지요. 소통을 잘하고 싶다면, 사람은 누구나 다르게 생각하고 다르게 행동하는 것이 지극히 당연하다고 믿어버리세요. 완전히 마음속으로 받아들일 때까지 계속 상기하세요. 마음에 강한 믿음이 생겼다면 다음 질문을 곱씹어야 합니다.

'소통의 세계에 정답이 있는가?'

상황과 조건이 개개인마다 다르게 펼쳐지는 세상에서 정답이란 없습니다. 그렇지만 시대를 관통해 살아 있는 법칙은 존재합니다. 저는 그것을 본질 혹은 진리라고 표현합니다.

그러니까 삶에 정답이 있는 것은 아니지만 세상에 통용되는 본질과 진리에 어긋남이 없게 살아간다면, 이를 기반으로 한 소통 역시 조화롭고 완전해질 수 있다는 의미입니다. 그러기 위해서는 먼저 세상의 본질적 진리들을 최대한 내면화하는 노력이 필요합니다.

진리를 내면화하는 가장 현실적인 방법이 오랜 시간에 걸쳐 증명이 된 '좋은 책'을 읽는 것입니다. 여타의 콘텐츠나 강의도 탁월한 선택이지만 접근성과 경제성 등 다양한 측면에서 볼 때, 책이 좋다고 생각합니다.

'소통의 기술'이라는 주제로 한 책들이 주목받는 이유는 그만큼 소통에 절실한 사람들이 있다는 의미겠지요. 저도 중요하게 생각하는 분야입니다. 책에 담긴 상황별 소통 방법 등은 대화에서 아주 요긴하게 적용할 수 있습니다. 물론 앞서 말씀드린 것처럼 사람의 고유성과 개성을 가슴 깊이 인정한 상태에서요.

수련과 노력이 일정 수준에 오르면 소통에 대한 부담이 줄어들 겁니다. 소통이 두렵지 않은 멘탈이 갖춰진 것입니다. 말 한마디 한마디가 남들에게도 좋은 영향을 주게 되지요. 인정도 당연히 따라옵니다. 당신이 하는 말에 본질과 진리가 담기기 때문입니다.

길을 아는 것과

길을 걷는 것은

완전히 다른 일입니다.

지금은 무엇을 말할지

어떻게 말할지 생각하지 말고,

우선 소통을 바라보는

인식의 틀부터 수정하세요.

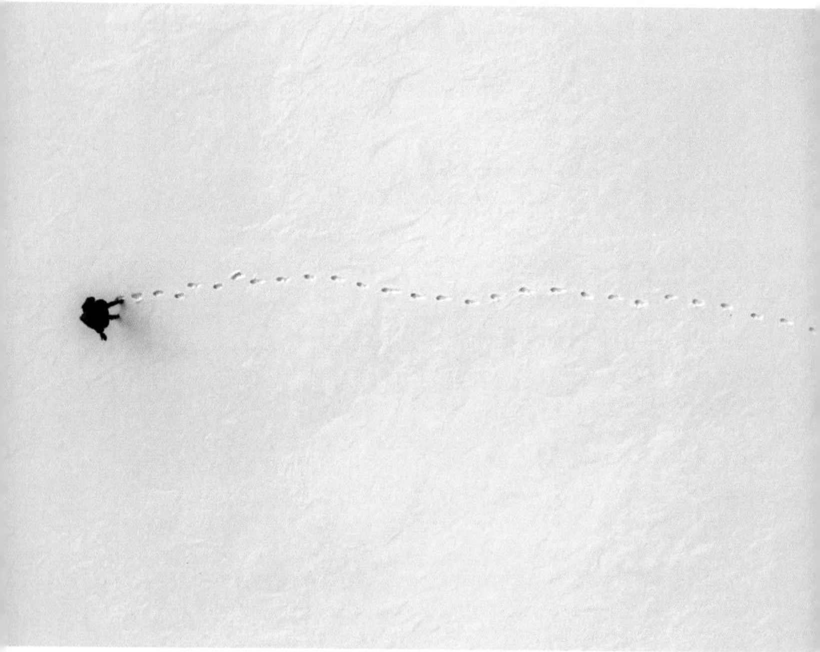

잘 들어야
소통을 주도할 수 있어요

　이 책을 읽는 당신도 외향적인 사람이 내성적인 사람보다 말을 더 잘한다고 생각할 거예요. 그리고 그들을 좇아 말 잘하는 사람의 대열에 합류하려고 많은 노력을 기울일 겁니다. 그러나 이것은 편견에 불과하다고 말씀드리고 싶군요.

　상대적으로 말수가 많은 외향적인 사람이 말수가 적은 내성적인 사람보다 말을 더 잘하는 것 같지만, 말을 많이 하는 게 꼭 말을 잘하는 것을 의미하지는 않습니다. 오히려 말을 좀 적게 하더라도 꼭 필요한 말을 간략하게 하는 게 중요합니다. 장황하기만 하고 쓸모없는 말보다 훨씬 낫지요. 그래서 말을 많이 하는 사람을 보며 경탄할 이유는 없습니다. 더욱이 스스로 말을 못한다고 자책할 필요도 없고요.

아주 내성적이었던 저는 남들과 편안하고 자연스럽게 대화를 나누는 사람이 참 부러웠습니다. 회의 때 유창하게 말하거나 갑작스러운 질문에도 척척 대답하는 사람을 보면 경이에 찬 눈으로 바라보았지요. 매끄럽게 말하는 것은 차치하더라도 하고 싶은 말조차 주저하는 저 자신이 한심하게 느껴졌습니다. 그렇게 시간이 지날수록 외향적인 성향에 대한 제 탐닉은 더 깊어져만 갔어요.

하지만 지금은 그렇지 않습니다. 어떻게 된 일일까요? 바로 고전을 읽으며 깨달은 진리를 내면화했기 때문입니다. 수많은 속담과 명언에서 특히나 '말'과 관련된 내용이 압도적으로 많다는 것은 그만큼 우리 인간의 흥망성쇠의 중심에 말이 있다는 걸 의미합니다. 그래서 말을 많이 하는 사람들은 대체적으로 득보다 실이 많은 법이지요.

말을 많이 하는 사람은 누군가가 자신의 이야기에 집중하면 신이 나서 과몰입을 하게 됩니다. 과몰입의 가장 큰 위험은 자신도 모르게 이야기를 과장하거나 살을 붙여서 사실이 아닌 이야기를 하게 된다는 것입니다. 그럼 결국에는 지나친 언사로 신뢰와 신용을 잃게 될 수도 있습니다.

역설적이게도
실제로 대화를 주도하는 사람은
잘 들어주는 사람입니다.

말하는 사람이 주도권을 쥐고 있는 것처럼 느껴지지만, 실은 이야기를 들어주는 쪽이 대화의 방향을 좌지우지할 수 있다는 의미입니다. 우리가 대개 많이 쓰는 말은 논리의 영역입니다. 사랑이나 우정, 가족 관계에서 쓰는 감성의 영역보다 논리의 영역이 비교적 더 넓은 영역이지요. 말을 많이 하게 되면, 말의 논리적 구조를 유지하려는 노력까지 해야 하기 때문에 큰 에너지를 쏟게 됩니다. 그렇지 않으면 거짓말쟁이나 허풍쟁이가 될 테니까요. 결국 잘 듣고 핵심을 꿰뚫어 말하는 사람이 '잘 말하는 사람'입니다.

저는 이것을 깨닫게 된 후에는 더 이상 말을 많이 하는 사람이 부럽지 않았습니다. 말을 많이 하는 사람이 얼마나 자기모순에 쉽게 빠지는지 그리고 인간관계에서 아슬아슬한 줄타기를 하며 자멸하는지 숱하게 보아왔기 때문이지요.

말은 곧 마음의 그릇인지라 한 사람이 가진 철학, 사고, 가치관 그리고 관심사까지 모두 담게 됩니다. '사람은 완벽한 존재가 아니다'라는 명제에 공감한다면 순간적으로 대처해야 하는 말이 얼마나 불완전한지 이해할 겁니다. 또한 경제학 측면에서도 말을 많이 해서 실수를 늘리는 편보다야 적게 해서 실수를 줄이는 편이 더 합리적이지요. 물론 필요한 말은 반드시 해야겠지요?

누구나 잘 들어주는 사람을 좋아합니다. 이는 심리학 실험을 통해서도 이미 증명된 사실입니다. 잘 들어주는 것만으로도 상대방에게 화술이 뛰어난 사람으로 인식될 수 있어요. 그래서 일단 잘 듣는 것이 최고입니다.

많은 말이 필요한 경우는 보통 자신의 전문 분야에 대해 타인에게 질문을 받은 때일 것입니다. 그러려면 반드시 그 분야의 지식을 제대로 갖춰야하겠고요. 지식을 무시하기란 어려운 법이니까요. 무엇보다 상대의 이야기를 충분히 들어주면서 마음의 문을 열어야 당신의 말이 빛날 것입니다.

조언 하나를 드리자면, 자주 했던 말들은 생각보다 쉽게 말할 수 있다는 점입니다. 자주 해보지 않은 말들은 어색할 수밖에 없어요. 우리가 '사랑한다'는 말을 능청스레 해낼 수 없는 것처럼요. 그러니까 어떤 말을 멋지게 해내고 싶은데 남들 앞에서 하기가 어색하고 힘들다면, 오롯이 혼자 있을 수 있는 공간에 들어가세요.

저는 혼자 있을 때, 앞에 상대가 있다고 상상하면서 말하기를 연습했습니다. 다 큰 어른의 말 연습이 조금 우스꽝스럽게 보일 수 있지만, 우리 같은 사람들은 말 앞에서 어린아이와 같습니다. 무언가가 부족하다고 어린아이를 나무라지는 않지요? 스스로 잘할 수 있도록 기대하고 격려하는 게 중요합니다. 그런 과정을 몇 번 거치면 좀 더 편안한 마음으로 타인과 대화할 수 있습니다.

잘 들어야 소통을
주도할 수 있다는 사실,
잊지 마시고요.

권위 앞에서는
현명하게 대처해요

권위는 인위적으로 만들어지는 것이 아닙니다. 탁월한 능력을 증명하거나 강인한 정신력과 인간적인 매력이 있다면 자연스럽게 생겨납니다. 많은 사람에게 공통적으로 통하는 아름다움을 갖추게 되면 권위가 생기게 되는 것이지요. 이런 비밀을 아는 사람은 권위를 인위적으로 만들어내려고 애쓰지 않습니다.

문제는 우리가 당면한 현실입니다. 함께 일하는 상사가 몹시도 권위적인 태도를 취한다면 그로 인한 상처는 고스란히 부하 직원의 몫이니까요. 단언컨대 탁월한 능력, 강인한 정신력, 인간적인 매력이 없는 상사가 권위를 과도하게 부리는 이면에는 자격지심이 있습니다. 업무를 하는 데 실질적인 능력이 부족해 그것을 방어하기 위한 기제로 권위적인 모습을 보이는 것이지요.

권위적인 상사를 만나면 참 어렵습니다. 어떻게 말하고 일 처리를 해야 상사의 심기를 건드리지 않고 넘어갈 수 있는지 늘 고민해야 하지요. 이런 심리적 압박감을 지니게 되면 보고할 내용도 뒤죽박죽되어 또 실수를 연발하게 됩니다. 자연스레 성과에도 영향을 미치게 되지요. 그렇다고 어렵게 들어간 직장을 박차고 나올 수도 없는지라 하루하루가 지옥입니다.

권위주의로 똘똘 뭉친 상사를 볼 때마다
상대하기 어렵다고 느끼겠지만,
오히려 그런 상사가 대면하기 쉬운 상대이기도 합니다.

제 말을 믿기 어렵겠지만 사실입니다. 권위를 내세우는 행위는 내면적으로 약하다는 반증입니다. 과격하고 우악스러운 행동과는 달리 멘탈이 약하다는 뜻이죠. 세상을 바라보는 내면의 기준이 분명한 사람이라면 높은 자리에 올라가더라도 권위적인 모습을 보이지 않습니다. 스스로 자신의 권위를 인정하고 있기 때문에 외적으로 그럴 필요가 없는 것이지요.

타인에게 권위적인 모습을 보이는 것은 스스로를 인정하는 힘이 약하기 때문입니다. 자신의 부족한 부분을 상대에게 들키지 않기 위해서 겉으로 강한 척하는 것이지요. 내적으로 자신의 능력에 대한 확신이 부족해 외부에서 받는 긍정적인 평가에 쉽게 흔들립니다. 또 그런 사람들이 사실 더 쉽게 마음을 열고 자신을 지지해 주는 사람들에게 빠져드는 성향을 보입니다.

이때 우리가 가져야 할 태도는 아량입니다. 권위적인 상사의 태도에 좌절해 스스로를 탓하면 절대 안 됩니다. 권위적인 상사와 나의 관계를 수직이 아닌 수평 관계라고 마음속으로 자주 떠올리세요. 소통할 때도 인정에 목마른 사람이라 여기고 조금 더 칭찬하는 대화를 펼치세요. 오히려 쉽게 권위적인 상사의 마음을 살 수 있게 될 것입니다.

예를 들어보자면, 권위적인 상사에게 꾸중을 들었을 때도 감정적으로만 응수하려고 하지 마세요. 인정 욕구가 매우 큰 사람이란 것을 상기하면서 "네, 말씀하신 부분 잘 알겠습니다. 팀장님, 제가 아직 많이 부족해서 심려를 끼쳐드렸네요. 정말 죄송합니다. 그래도 이 분야에 정통한 전문가인 팀장님께서 잘못된 점을 지적해 주시고 알려주셔서 정말 감사하게 생각합니다. 다음부터 잘 가르쳐주신 대로 제대로 하도록 하겠습니다"라고 말하세요. 인정 욕구에 목마른 상사를 이렇게 대해주면 당신에게는 마음을 열고 권위적인 태도를 누그러뜨릴 것입니다.

인간관계가 너무나 힘들게 느껴지는 이유는 내가 상대를 바꾸려고 하거나 자기 개선을 포기하기 때문입니다. 상대를 바꾸려고 애쓰면 상대는 오히려 그것에 저항하려고 합니다. 격정의 관계가 시작되는 것이지요. 하지만 상대가 가진 심리적인 요인을 이해하고 그것을 역이용하면 훨씬 좋은 관계를 만들 수 있습

니다.

"우는 아이에게 떡 하나 더 준다"라는 속담처럼 권위적인 상사를 바라볼 때, 인정해 달라고 칭얼거리는 어린아이와 같다고 생각하세요. 이러는 편이 정신 건강에 이롭습니다. 인정을 아끼지 마세요.

떡을 주려면 돈이 들지만
말하는 데는 돈도 들지 않으니까요.

눈빛 하나면
사자도 제압할 수 있습니다

아프리카에서는 넓은 초원에 소를 방목하기 때문에 사자나 표범 등의 맹수를 조심해야 합니다. 하지만 아무리 조심하더라도 사나운 맹수에게 가축을 빼앗기는 상황은 늘 생기기 마련이지요. 이 일은 아프리카 사람들에게 큰 걱정거리 중 하나였습니다. 어떻게 하면 자신들의 가축을 안전하게 지킬 수 있을지 고민했고, 이를 효과적으로 해결한 실험 하나가 있습니다.

고양잇과 동물은 사냥감이 눈치채지 못하도록 은밀히 다가가 단숨에 기습하는 방식으로 사냥합니다. 사냥감을 덥석 낚아채고

자 마음만 먹으면 순간 속도가 폭발적으로 상승하기 때문에 백발백중의 사냥 실력을 가지고 있지요. 그러나 이런 날쌘 사자에게도 치명적인 아킬레스건이 있습니다.

어느 날 사자 한 마리가 소의 등 뒤로 살금살금 다가가 단번에 덮치려고 했지만 이내 실패하고 합니다. 사자보다 느린 소가 살아남을 수 있었던 이유는 무엇이었을까요? 바로 '눈'이었습니다. 사자는 소를 덮치려던 그 순간 소의 커다란 눈망울과 마주쳤고 미련 없이 사냥을 포기했습니다. 재밌는 사실은 소는 사자가 다가온 것조차 몰랐다는 거예요. 어떻게 된 일일까요?

사자가 마주친 그 커다란 눈은
사람들이 소 엉덩이에 그려 넣은
가짜 눈이었습니다.

아프리카 보츠와나 북서부의 오카방고 삼각주 지역은 풍요로운 생태계로 유네스코 세계유산으로 등록되어 야생동물이 보호

되고 있습니다. 하지만 사자와 표범 등이 가축을 공격하는 일이 잦아 주민들이 골머리를 앓고 있었지요. 이를 해결하기 위해 호주 뉴사우스웨일스대학교의 연구진은, 가축을 공격하는 사자나 표범 등이 목표물과 눈만 마주치면 사냥을 포기한다는 가설을 세워 소 양쪽 엉덩이에 눈 그림을 그려놓고 실험한 것이었습니다. 결과는 놀랍게도 4년 동안 엉덩이에 눈 그림을 그려놓은 소는 사자의 습격이 거의 없었다고 합니다.

눈을 마주쳤다는 것, 이 작은 행동이 주는 메시지는 무엇일까요? 비단 사자와 소의 관계가 아니라 인간관계도 마찬가지입니다. 당당하게 시선을 마주하는 사람을 대할 때는 무의식적으로도 그 사람에 대한 존경이나 예의를 차리는 확률이 높아집니다. 반면에 눈을 피하면서 소통하면 상대방에게 일종의 우월감을 줄 수 있습니다. 소통의 내용과 논리를 떠나 눈을 마주치지 않은 작은 행동이 관계의 우열을 가리는 것이지요.

제게 심리 상담을 받으러 센터에 오시는 분들을 보면 눈을 잘 마주치지 못하는 분들이 더러 있습니다. 시선을 피하는 이유를 여쭤보면 정말 각양각색입니다. 물론 이것의 시비를 가리고 싶은 마음은 추호도 없습니다. 눈을 마주치는 게 내적으로 괴로움을 준다면 굳이 그렇게 할 필요는 없으니까요. 다만 다른 사람들이 당신을 생각할 때, 눈을 마주치지 않는다고 무의식적으로 약한 존재로 치부하며 함부로 대하지는 않을지 걱정될 뿐입니다.

세상엔 약자의 인간적인 존엄을 지켜주는 분들도 있으나 일부 고약한 사람들은 약자에게 치졸한 모습을 보이기도 합니다. 의도하지 않았더라도 삶 속에서는 강자들의 횡포도 종종 일어나기 때문에 제가 드린 말씀을 의미 있게 생각해 볼 필요는 있어요. 상대가 당신을 약한 존재로 인식하도록 내버려 두면 안 되니까요. 소의 엉덩이에 그렸던 눈이 사자를 무력하게 만든 것처럼 인간관계에서도 상대와 눈을 마주치는 일은 매우 중요합니다.

이 외에도 눈을 마주치는 일에는 좋은 점이 많아요. 눈을 바라보는 것은 상대방과 친밀감을 쌓기 위한 필수적인 행동이고 가장 첫 단계에 해당됩니다. 상대의 눈을 바라볼 때 호감을 갖고 바라보려는 자세는 정말 중요합니다. 이게 안 되는 분이라면 연습이 필수입니다. 내 눈빛을 보고 상대가 조금이라도 경계를 풀고 호의적으로 나오기를 바란다면 말이지요.

　늘 바닥만 보며 걷던 제게 눈을 맞추는 일은 좋은 친구를 만나는 일과 같았습니다. 짓궂은 인생의 장난 앞에서도, 거대한 운이 따라줬을 때도 절대 잊지 않는 친구이지요. 당신에게도 좋은 친구가 되어주리라 믿어 의심치 않습니다.

　'사나운 사자가
　눈빛 하나로 제압되었다.'
　잊지 않았으면 좋겠습니다.

거절하기 어렵다면
이 방법을 써보세요

살다 보면 거절해야 할 경우가 정말 많이 있는데, 그렇게 하지 못할 때가 더 많지요? 거절을 잘 하지 못하면 여러 가지 일에 휘말리거나 손해를 입을 수 있습니다. 거절에 약한 사람에게 접근해 악용하는 얌체들이 많기 때문입니다. 이런 부류의 사람들은 거절에 약한 사람들을 잘 이용하는 데 비상한 재주가 있습니다. 이들은 상대가 거절하면서 미안해한다는 것을 잘 알고 있어요. 선한 마음만 갖고 사는 이들에게 죄책감을 불러일으켜 자신의 목적을 이루는 것이지요.

동서양을 구분하는 게 의미는 없지만, 특히 우리나라에서는 거절을 하면 정이 없는 사람으로 낙인찍힐 확률이 크지요. 그래서 어느 정도 가까워진 관계에서는 거절하는 게 여간 어려운 일이 아닙니다.

"우리가 어떤 사이인데 보험 하나만 가입해 줘."
"날 도와줄 사람이 너밖에 없어! 딱 한 번만 부탁할게."

말이 좋지 일종의 협박입니다. 거절하면 큰 원망이 돌아올 것이 뻔하니까요. 마음이 약해지면 결국 얌체 같은 사람의 요구를 들어주고 맙니다. 그렇다면 왜 단호하게 거절해야 할 상황에서 거절하지 못하는 것일까요? 타인에게 과한 의존성을 지니고 있기 때문입니다. 타인에 대한 의존 성향이 짙어 거절하면 자신이 위태해진다고 믿는 것이지요.

과한 의존성은 어릴 때부터 만들어집니다. 어릴 적부터 많은 것을 부모님이 대신해 주고 채워주면 의존성이 타인에게로 전이 됩니다. 이런 의존성은 상대의 부탁을 거절했을 때, 나를 안 좋게 생각할 거라고 지레짐작하게 만들죠. 남에게 의지하지 않고 스스로 삶을 타개하려는 자립심이 부족한 상태입니다. 타인의 부탁을 판단할 때 고려해야 할 요소가 많겠지만, 가장 중요한 기준은 옳고 그름입니다. 그런데 그 결정을 스스로 하지 못한다면 어떻게 될까요? 굳이 오래 생각하지 않아도 예상이 될 겁니다.

나와 타인을
명확히 구분해야 합니다.

우리가 만나는 사람이 모두 선한 사람이라면 좋겠지만, 인간관계에는 온갖 어려움이 도사리고 있어요. 이는 이전에 맺었던 인연, 지금 맺고 있는 인연, 앞으로 맺을 인연 모두 같습니다. 거절에 대한 두려움으로 무리한 요구를 들어줘야 할까요, 아니면 상대에게 'No'라고 말하며 끊어내야 할까요? 관계라는 출발점은 같을지 몰라도 두 상황은 완전히 다른 결과를 도출합니다. 확실한 건 세상에 무리한 요구를 들어줘서 관계가 깊어지는 경우는 드물다는 점이지요.

상대방의 무리한 요구를 들어줘서 마음이 편해지면 좋겠지만, 그 부탁을 들어줌으로써 생기는 문제가 있기 마련입니다. 그러므로 나와 타인을 명확히 구분하는 게 중요합니다. 물에 물 탄 듯 태도가 분명하지 않으면, 건강하지 않은 관계 속에서 자신을 소모할 수밖에 없어요.

당신의 삶에 부담을 주는 상황이라면 'No'라고 말하고, 불편한 마음으로부터 자유로워지세요. 오히려 관계의 편안함을 느끼게 될 겁니다. 당신이 생각했던 것보다 상대의 반응이 그렇게 격렬하지 않을 수도 있고요. 물론 당신이 거절했다는 이유로 해코지한다면 관계를 끊어낼 신호가 명확해진 것이니 잘라내면 됩니다.

'말은 쉽지요'라고 생각할 수 있어요. 그리고 그 마음을 이해합니다. 그간 쌓아왔던 관계의 시간이 송두리째 부정당하는 느

껌도 들 거예요. 이는 거절로 인한 상처가 깊어서 생기는 마음입니다. 마음이 여린 사람이 거절을 당해 큰 상처를 받으면 무의식적으로 거절 자체에 겁을 먹게 됩니다. 그럴 때는 이런 방법을 써보세요.

"나에게 시간을 좀 줄래?"

무리한 부탁을 받으면 생각을 정리할 시간을 충분히 확보하세요. 꼭 무리하지 않은 부탁이더라도 이런 습관을 가지면 좋습니다. 생각할 시간을 달라는 당신의 요구를 상대방은 수용할 것입니다. 물론 그런 배려조차 없는 사람이라면 이것 또한 관계를 끊어낼 신호입니다. 상대방에 대한 최소한의 배려도 없는 사람이니까요.

하루에서 이틀 정도의 시간 동안 부탁을 거절할 이유를 잘 정리하세요. 물론 도무지 말로 할 수 없다면 글도 좋습니다. 진심으로 돕고 싶지만 도울 수 없는 당신의 상황과 상대방의 안녕을

빌어주는 메시지를 전하세요. 그사이 상대방도 당신을 이해할 수 있는 시간을 갖게 될지도 모릅니다. 이 방법은 서로가 성장할 기회를 만들고 관계를 발전시키는 데 도움이 될 것입니다.

알쏭달쏭한 상대의 욕구는
이렇게 파악하세요

살아가는 데 협상 능력은 엄청나게 중요합니다. "말 한마디에 천 냥 빚도 갚는다"라는 우리 속담이 이를 뒷받침하고 있지요. 제가 20대에 억대 소득자가 되어 집안의 빚을 갚을 수 있었던 것도 협상 능력이 한몫했습니다. 처음 만난 학원 원장님들과 협상하며 제가 가진 능력의 필요성을 납득시켰기 때문에 학원 내에 심리 수업을 만들 수 있었던 거죠.

당시 성적을 올리는 일에만 혈안이 되어 있던 분위기 속에서 수험생들은 지쳐갔습니다. 지친 심신을 돌보지 않으니 성적이

어떻게 되겠어요? 저는 이를 기회라고 생각했어요. 학원과 수험생들의 욕구를 해소해 주면 저도 성공의 실마리를 잡을 수 있겠다고 확신했습니다. 실제로 수험생들의 심리적 불안을 해결하자 성적이 급상승하는 일이 벌어졌습니다. 그리고 제 인생의 황금기가 시작되었습니다.

단언컨대 사회생활에서 협상 능력은
삶의 많은 부분을 변화시킵니다.

협상 능력을 키우려면 반드시 상대의 욕구를 잘 파악해야 합니다. 그러나 대부분의 협상이 그렇듯이 상대방이 자신의 욕구를 먼저 드러내는 경우는 많지 않습니다. 협상에서 보다 좋은 조건을 얻기 위해서는 탐색과 완급 조절이 중요합니다. 제가 늘 강조하듯이 지식은 실천되었을 때에 빛을 발합니다. 협상을 잘하려면 협상을 해봐야 합니다. 그러면 상대의 욕구도 쉽게 알아차려 주도할 수 있습니다.

제 인생을 바꿔놓았던 협상의 기술,

그 다섯 가지 방법을 말씀드리겠습니다.

첫째, 상대가 더 많이 이야기하도록 배려하세요.

상대방이 되도록 편안한 마음으로 자신의 이야기를 할 수 있도록 분위기를 만들어야 합니다. 부드러운 표정은 물론이고요. 상대가 말할 때 적절히 반응하고 호응해 준다면 상대는 자신의 진심을 이야기할 것입니다. 말과 행동을 통해 자연스레 드러나게 되죠. 상대에게 관심을 갖는 모습을 유지하며 경청하는 게 핵심입니다.

둘째, 대답보다 질문을 많이 하세요.

상대방의 욕구를 파악하려면 질문은 필수입니다. 질문하지 않으면 낭패하기 십상입니다. 그렇다고 조사실에 앉아 취조하듯이 캐물으라는 것은 절대 아닙니다. '예'와 '아니요'처럼 단답형 대답을 얻는 질문은 좋지 않아요. 그런 식의 질문은 법정에서나 필요한 질문입니다. 폐쇄형 질문보다는 '왜' 또는 '어떻게'로 질문을 시작해서 상대의 답변을 풍부하게 이끌어내야 합니다. 그래야 상대방은 자신의 상황이나 정보 등을 더 많이 노출하게 되죠. 이렇게 하면 그 사람이 원하는 것을 더욱 쉽게 찾아낼 수 있습니다.

셋째, 협상 당사자가 아닌 제3자를 활용하세요.

직접적으로 상대방의 욕구를 파악하기가 쉽지 않을 때가 있습니다. 상대방이 지나치게 폐쇄적인 성격이거나 만나기 쉽지 않다면 더 어렵겠지요. 이럴 때는 상대방을 잘 알고 있는 지인이나 자주 대면하는 사람들을 통해서 상대방의 욕구를 파악해 낼 수 있습니다.

넷째, 자신의 욕구를 먼저 드러내는 것도 좋아요.

협상할 때 서로 눈치를 보는 경우가 많습니다. 그렇게 눈치를 보다가는 시간만 너무 잡아먹고 결국 협상이 결렬되기도 합니다. 때로는 솔직하게 자신이 원하는 바를 먼저 이야기하세요. 의외로 상대방과 열린 마음으로 대화하기가 훨씬 수월해집니다.

또한 먼저 솔직하게 원하는 바를 이야기하면 상대방은 일단 고려할 수밖에 없는 입장이 됩니다. 협상의 상황에 따라 결과는 다를 수 있겠지만, '솔직함이 최선의 방책'이란 말도 있듯이 협상에서의 솔직함은 강력한 힘을 발휘할 때가 많다는 걸 기억하세요.

다섯째, 상대의 욕구가 생각보다 많다는 걸 염두에 두세요.

상대가 단 하나의 욕구를 갖고 있는 것이라면 그것에 대해 준비하고 해결점을 찾으면 됩니다. 대부분의 협상에서는 상대방이 여러 욕구를 갖고 있는 경우가 많아요. 정말 자연스러운 일입니다. 이때 많은 욕구 중에서 상대방이 어떤 욕구를 가장 중요하게 여기는지 파악해야 합니다. 욕구를 완전하게 충족시키는 건 쉽지 않기 때문에 상대방이 가장 중요하게 생각하는 걸 찾아내야 합니다.

인간이라면 누구에게나 욕구가 있습니다. 이를 서로 맞춰가며 조절하는 것이 인간관계의 기술이고요. 소통은 욕구를 확인해 가는 매개체이므로 말씀드린 다섯 가지 기술을 꼭 실천해 보세요. 기분에 따라 무작정 소통하는 일은 상당히 피곤한 일입니다. 상대의 심리를 잘 파악해 당신의 인생도 곧 황금기를 맞이하면 좋겠습니다.

인간관계는 좋든 싫든
우리의 현실입니다

상대에게 원하는 것을

잘 얻어내는 사람은

인생이 얼마나 행복하고 즐거울까요?

한 번쯤은 생각해 본 적이 있지요? 하지만 이런 사람들을 가까이에서 본 적은 별로 없으실 겁니다. 배움은 반드시 다른 객체가 있어야 완성됩니다. 스승이 필요하다는 얘기입니다. 어느 정도 삶의 내공이 있는 분들은 자습이 가능하겠지만, 그게 결코 쉬운 일은 아니지요. 그래서 저는 당신이 원하는 것을 얻으며 살아갈 수 있도록 제 이야기를 들려드리고자 합니다.

많은 것을 몰랐던 아주 어린 시절을 제외하고, 저는 상대에게서 원하는 것을 잘 얻으며 살고 있습니다. 규모가 큰 학원에 찾아가 제가 만든 심리 수업을 할 기회를 얻었고, 현명하고 아름다운 아내의 사랑을 얻어냈습니다. 또한 제가 공부하고 연마한 분야로 한 달에 억대의 수입을 벌어들이고 있습니다. 앞으로도 저는 상대로부터 제가 원하는 것을 충분히 얻어낼 수 있는 인생을 살아갈 것입니다.

저는 어떻게
상대로부터 원하는 것을
잘 얻게 되었을까요?

저는 제가 원하는 것이 무엇인지 아주 잘 알고 있습니다. 그리고 상대방의 욕구도 잘 파악하지요. 하지만 상당수의 사람은 자신이 원하는 것이 무엇인지조차 잘 모릅니다. 오직 어렴풋한 느낌만 갖고 있을 뿐이지요. 그래서 내게 원하는 것을 줄 수 없는 사람들과 인간관계를 이어갑니다. 반면 자기가 원하는 것이 무엇인지 명확히 알고 있는 사람들은 원하는 것을 이루어줄 사람들과 만납니다. 자기가 원하는 모습에 대해 간절함을 갖고 인간관계를 만들어가는 것, 이게 핵심입니다.

원하는 것을 얻고 싶다면 당신의 간절함을 잠재의식에 담아야 합니다. 그리고 목표 달성을 위해서라면 그 어떤 순간에서도 멘탈이 흔들리지 않도록 노력해야 합니다. 이를 위해서 자신이 무엇을 원하는지 종이에 써서 갖고 다니거나 집안 곳곳에 붙이면 좋습니다. 당신의 발길이 닿는 모든 곳에요! 이는 잠재의식을 바꾸는 가장 기초적인 방법입니다. 이렇게 하지 않으면 대부분의 시간을 무엇을 원하는지 모르는 상태로 의미 없이 보내게 됩니다. 한마디로 말해 멘탈의 방황입니다.

내가 무엇을 원하는지 지속적으로 상기하는 습관을 만들면, 그것을 이미 이룬 사람 혹은 이루게 해줄 수 있는 능력을 갖춘 사람들이 보입니다. 더 정확하게 말하면 찾게 될 수밖에 없습니다. 그로 인한 변화는 "따 놓은 당상"이지요.

조언을 조금 더 덧붙이면, 그런 사람들과 만났을 때 당신이 원하는 것을 섣불리 말하지 마세요. 앞에서 '협상의 5가지 기술'을 이야기하며 강조했듯이 상대방이 원하는 것이 무엇인지를 듣고 분석하는 게 먼저입니다. 상대를 분석하라고 하면 막연한 느낌이 들 수도 있어요. 정말 다행인 것은 상대도 어디까지나 사람이라는 사실입니다.

정상적인 사람은 누구나 발전, 향상, 개선, 패기, 기쁨, 놀람, 감동, 인정, 예의, 기쁨, 행복, 희열, 환희, 에너지, 깨달음, 즐거움 등을 원합니다. 그러니 항상 이런 가치를 생각하면서 남보다 당신이 더 좋게 제공할 수 있는 부분을 강화시키세요. 이를 상대방에게 느끼게 해준다면 당신은 특별한 존재가 될 수밖에 없습니다. 스스로 상대방에게 줄 수 있는 것을 연구하고 더욱 정교하게 가다듬으며 완전히 미쳐 있는 시간을 만들어야 합니다.

일단 어렴풋한 무엇인가를 얻어내려는 마음을 비우세요. 당신이 무엇을 간절하게 원하는지를 아는 게 우선입니다. 그다음 상대방에게 남들과 차별화해서 무엇을 줄 수 있는가를 생각하세요. 그런 힘을 갖추면 상대에게 내가 어떻게 도움을 줄 수 있는지를 설명하는 날이 올 겁니다. 한 번에 이해하지 못하더라도 포기하지 마세요. 계속 시도하고 또 시도하면서 상대가 완전히 이해하게 만드는 게 중요합니다. 그렇게 좋은 관계가 구축되면 당신이 원했던 것을 쉽게 얻을 수 있을 겁니다.

인간관계는 좋든 싫든 우리의 현실입니다.

그를 통해 얻을 수 있는 혜택과 편리를 누리려면

주저하지 말고 당신의 가치를 향상시키세요.

그 사람은 지금
마음의 여유가 없는 거예요

공감은 타인의 사고나 감정을 자기의 내부로 옮겨 넣어, 타인의 체험과 동질의 심리적 과정을 만드는 일입니다. 공감 능력은 인간 사회를 존속하게 만드는 가장 큰 힘이라 할 수 있어요. 이러한 사회 인지발달은 예상보다 훨씬 어릴 때부터 시작됩니다. 예를 들어 레파콜리와 고프닉 등은 아직 말도 제대로 하지 못하는 18개월 아이들조차 다른 사람의 입장을 생각할 수 있다고 주장했습니다.

이들은 실험에서 생야채인 브로콜리와 크래커를 아이들 앞에

두었습니다. 그리고 크래커를 먹으면서는 '으윽' 하고 메스꺼운 표정을 보이고 브로콜리를 먹으면서는 '으음' 하며 맛있다는 표정을 지어 보였지요.

이후 실험자가 아이에게 먹을 것을 달라고 손을 내밀었을 때, 연구에 참여한 18개월 된 아기들의 70%는 자신이 맛있다고 여기는 크래커가 아닌, 연구자가 맛있다고 표현한 브로콜리를 손에 올려주었습니다. 이와 같은 실험은 두 살도 안 된 아기들도 상대의 반응을 살피고, 그에 따라 행동할 수 있다는 것을 보여줍니다.

문제는 인간의 삶에서 가장 중요한 공감 능력의 부재를 많은 사람에게서 관찰할 수 있다는 사실입니다. 공감 능력이 부족한 사람들을 보며 '왜 저 사람은 내 마음을 몰라줄까?' 하는 원망이 들 수도 있겠지만, 공감을 받으며 성장하지 못한 사람들에게서 흔히 나타나는 현상입니다. 아이들은 부모와의 교감, 인형과의 놀이 등을 통해 상대방의 감정을 공감하는 사회 인지발달 과정을 겪게 됩니다. 하지만 어린 시기에 이런 부분이 결여된 채 성장하면서 공감 능력이 발달하지 못한 것이지요.

여기서 꼭 기억해야 할 점은
공감 능력이 떨어지는 사람이라고 하더라도
타인에게 공감을 받고 싶어 한다는 점입니다.

공감을 충분히 받고 성장한 사람보다
공감을 잘 받지 못한 사람이
공감에 더 목마를 수밖에 없는 원리입니다.

공감 능력이 없는 사람들을 보면 화가 치밀어 오르겠지만 이 에너지를 긍정적으로 바꾸는 게 중요합니다. 당신의 인생을 한 단계 성장시킬 수 있기 때문입니다. 그래서 '공감을 충분히 받지 못해 결핍의 상처가 있는 사람'이라고 봐줄 수 있는 마음의 여유가 필요합니다. 역지사지라는 말은 막상 행동으로 옮기기에 어려움이 있다는 것을 인정합니다. 하지만 마음의 여유를 가져야 인간관계에서 일어나는 숱한 문제에서 완전히 벗어날 수 있습니다.

따뜻한 사람들만 존재하는 사회라면 얼마나 좋겠습니까. 그러나 우리가 마주하는 수많은 관계 속에서는 소통 불가, 이해 불가인 사람들이 너무나도 많습니다. 한편으로는 '과연 나는 타인을 얼마나 이해하고 공감하며 지내왔을까?', '혹시 상대가 도리어 나를 소통 불가, 이해 불가의 사람으로 여기며 답답해하진 않을까?'라는 생각도 떠오릅니다. 빡빡한 현실에 치여 내 몸 하나 건사하기 힘든 세상인지라 정작 날카로운 상사나 도도한 부하가 심적으로 어떤 상태인지 외면할 수도 있지요. 이 모든 게 공감 능력의 부재입니다.

늘 말씀드리지만 깨닫기만 하는 것은 별로 의미가 없습니다. 철학자 아리스토텔레스도 실천하는 지혜를 높게 평가하였죠. 그런 의미에서 도무지 이해가 안 되는 사람들을 본다면 '저 사람이 지금 마음의 여유가 없구나'라고 속으로 말하며 생각의 방향을 과감히 바꿔야 합니다. 가령 운전 중에 경적을 울리면서 추월하는 자동차를 봐도 '지금 저 사람 너무 급한가 보다', '정말 중요한 미팅이 있나 보다'처럼 '반드시 있을 상대의 이유'를 만들면 마음이 편해집니다.

또한 대화할 때도 상대방이 나와 다른 의견을 말한다면 득달같이 '아니다'라고 상대를 부정하지 마세요. 일단 듣고 '충분히 그렇게 생각할 수 있겠다', '저 사람의 입장이면 나도 같은 생각일 것이다'라고 공감하는 것이 현명하고 옳습니다. 이는 부정의 멘탈을 긍정의 멘탈로 맞바꿔 상황을 유리하게 바꾸는 초간단 방법입니다.

사람들이 모두 현명하지는 않아요. 그렇다고 최소한 바보도 아닙니다. 다들 각자의 위치와 그간의 경험과 여러 가지 고려 요소를 판단해 자신의 주장을 펼치고 있는 것입니다. 나도 상대방도 모두 맞거나 틀릴 수 있다는 걸 언제나 명심하세요. 공감은 마음을 열리게 합니다. 마음이 열린 상태에서 이야기하면 기존의 생각에서 벗어날 수도 있습니다. 그래서 일단 공감하면 반은 성공한 것입니다.

반대로 아무리 뛰어난 재주를

갖춘 사람이라도

공감의 기술이 없다면

어떻게 되는지 아시겠지요?

중요한 날에는
커피를 삼가세요

카페인은 한때 올림픽 금지약물로 지정된 적이 있습니다. 카페인이 순간적으로 에너지를 높여줘 운동 능력을 끌어올렸기 때문인데요. 실제로 운동 전에 아메리카노 한 잔을 마시면 운동 능력이 향상된다고 합니다. 칼로리 소모에도 도움을 줘 다이어트를 할 때 효과를 기대할 수 있죠. 심지어 커피에 든 항산화 물질은 녹차의 7배, 홍차의 9배나 들어 있어 세포 손상을 막습니다. 그만큼 노화 방지에 탁월하다는 의미입니다.

이 외에도 카페인에 대한 예찬은 너무나도 많습니다. 하루에 커피 한 잔이면 눈떨림이 줄고 두 잔을 마시면 파킨슨병을, 석 잔이면 간경화를, 넉 잔이면 당뇨를 예방한다는 연구 결과도 있으니까요. 이런 예찬론을 들으면 굳이 이 보약을 거부할 이유는 없어 보입니다. 하지만 카페인이 우리에게 정말 이롭기만 할까요? 사실 카페인의 효능은 동전의 양면과 같습니다. 이제는 식사 후 카페에 가는 게 자연스러운 문화가 된 요즘, 커피를 예로 설명하겠습니다.

커피는 예민성을 더욱 높여
멘탈이 약한 사람에게는
별로 좋지 않습니다.

아침에 마시면 각성 효과로 졸음을 쫓을 수 있지만 저녁에 마시면 밤늦도록 잠을 청할 수가 없어요. 간혹 카페인의 효과를 무시하며 "나는 커피 마셔도 잘 자"라고 너스레를 떠는 분들이 있는데요. 체질마다 차이는 나겠지만 카페인이 깊은 잠을 방해해 수면의 질을 떨어뜨린다는 건 엄연한 사실입니다. 그러니까 커피를 마시고 잠에 잘 들 수는 있어도 숙면을 취할 수는 없다는 얘기입니다.

커피의 가장 치명적인 부작용은 중독입니다. 예전에는 한 잔만 마셔도 밤새 정신이 또렷했지만, 이제는 여러 잔을 마셔도 눈꺼풀이 감기고 피곤하다면 내성이 생겼다는 신호입니다. 어떤 것이든 중독되면 그 결과는 좋지 않은 법입니다.

내담자 중에 커피 중독으로 고생한 분이 계세요. 커피를 마시지 않으면 두뇌 회전이 안되거나 두통이 심해 아무것도 할 수 없는 분이셨죠. 커피가 자신의 피로 회복을 돕고 에너지원이라고 굳게 믿고 계셨습니다. 하지만 카페인의 각성 효과는 중추신경을 흥분시켜 잠시 피로를 잊게 할 뿐, 피로 회복과는 아무런 관계가 없습니다.

커피는 개인뿐만 아니라 인간관계에도 큰 영향을 줍니다. 간단하게 담소를 나누는 자리나 중요한 결정을 내리는 회의 등에서 커피는 빠질 수 없는 아이템이죠. 이런 자리에서 마신 커피로 인해 심장이 두근대거나 머리가 붕 뜨는 듯한 느낌이 든다면, 일을 그르치는 것은 물론이고 인간관계에도 악영향을 끼칠 수 있습니다.

특히 예민하거나 멘탈이 약한 사람이라면 카페인 섭취로 언행이 과해지는 경우도 있어요. 인간관계에서 정도를 넘어 지나치게 행동하면 그 결과는 불을 보듯 뻔합니다. 그래서 카페인에 예민한 분들이 오히려 더 좋아요. 커피를 멀리할 이유가 명확하기 때문입니다.

커피 속 카페인의 반감기는 약 6시간입니다. 중요한 회의나 만남이 있는 날에는 최대한 커피를 피하세요. 불면증으로 고생 중이라면 오후 2시 이후 혹은 최소한 잠자리에 들기 6~7시간 전에는 커피를 삼가길 바랍니다. 그게 소중한 멘탈을 지키는 길입니다.

3장

이제 나부터 감미롭게 보살피기

스트레스는
뿌리째 뽑는 게 핵심입니다

지금 스트레스를 심하게 받고 있다면 문제 상황에 봉착해 있는 것입니다. 간혹 스트레스 해소를 위해 여행이나 맛집 탐방 등으로 분위기 전환을 꾀하는 분들이 있습니다. 물론 이를 통해 재충전의 시간을 갖고 활력을 되찾아 스트레스를 해결할 힘을 얻을 수도 있어요. 하지만 다시 일상으로 돌아왔을 때 그 문제는 여전히 해결되지 않은 상태입니다. 스트레스 해소는 그 근원을 뿌리째 뽑아버리는 것이 더 효과적인 방법이라고 조언하고 싶습니다. 여름철에 무성히 자란 잡초를 뿌리까지 뽑지 않고 잘라내면 2주도 안 되어 원상회복되는 것과 같은 이치입니다.

스트레스는 지금 고민하는 문제를 쉽게 해설한 책이나 유튜브 콘텐츠를 통해서도 해소할 수 있습니다. 스트레스 관리를 전문적이고 실용적으로 풀어낸 것이라면 모두 도움을 받을 수 있습니다. 다만 스트레스가 강도가 너무 심각한 수준이라면 전문가를 찾는 게 가장 빠른 길이에요. 일이 바쁘다고, 진료비가 아깝다고 방치해서는 절대 안 됩니다. 스트레스 상황에서 벗어날 수 있는 지식을 얻고 활용하면 당신을 괴롭히는 조건들을 변화시킬 수 있습니다.

게다가 문제를 해결할 방법을 알게 되면 문제가 해결되기 전에 일정 부분 스트레스가 줄어듭니다. 조금 의아하겠지만 심리적으로 그렇습니다. 인간은 해결책을 알고 있다는 사실 하나로도 스트레스를 일정 부분 줄일 수 있는 존재입니다. 이런 사실을 뇌과학적으로 증명한 실험이 있는데 소개해 드릴게요.

한 실험에서 A와 B라는 두 개의 상자에 실험용 쥐를 한 마리씩 넣고 전기 충격을 가했습니다. 단, A상자에만 전기 충격을 멈출 수 있게 하는 지렛대를 설치했어요. 그 지렛대를 밟으면 A, B 두 상자 모두 전기 충격이 멈춥니다. 결과적으로 두 쥐가 받는 전기 충격 횟수와 시간은 동일한 것이지요. 몇 번의 전기 충격을 가하자 A상자의 쥐는 전기 충격을 멈추는 방법을 학습했습니다.

지렛대를 밟아서 스스로 전기 충격을 제어할 수 있는 A상자의 쥐와 아무것도 하지 못하고 그냥 전기 충격을 받을 수밖에 없었던 B상자의 쥐 가운데 어느 쪽이 스트레스를 더 받았을까요? 전기 충격을 받은 횟수와 시간은 동일했지만, 아무것도 할 수 없었던 B상자의 쥐가 더 많은 스트레스를 받고 급격하게 쇠약해졌습니다. 그렇지만 고통을 제어하는 방법을 알게 된 A상자의 쥐는 상대적으로 불안과 스트레스가 훨씬 덜했습니다.

두려움은
집중할 것이 무엇인지 모를 때
생겨나는 감정입니다.

집중할 것이 무엇인지 지식으로 무장한 사람에게는 잘 일어나지 않는 감정이지요. 스트레스도 마찬가지입니다. 자신에게 방도가 없을 때 사람은 극심한 스트레스를 받기 시작합니다. 따라서 스트레스 상황의 대처법이나 해결책을 찾아본 후 자신의 스트레스가 조절이 가능하다는 것만 인지해도 심적으로 큰 위안을 얻을 수 있습니다.

뇌과학 연구에 따르면 불안은 뇌의 편도체 부위와 관련이 있습니다. 편도체가 흥분하면 불안감이 생깁니다. 우울병이란 장기간의 스트레스로 인해 편도체가 만성적인 흥분 상태에 있는 것이라 할 수 있어요. 그래서 우울병 환자는 항상 불안하고 무엇이든 안 좋은 쪽으로 생각하기 쉽습니다. 이런 사실을 반대로 적용하면 편도체의 흥분을 진정시킬 수 있다면 불안감을 크게 줄일 수 있다는 뜻이 됩니다.

뇌에 언어 정보가 들어오면 편도체의 흥분이 억제되고, 그에 따른 부정적인 감정이 진정되어 결단력도 좋아진다는 사실이 뇌과학에서 밝혀졌습니다. 가령 배가 아플 때 엄마가 '엄마 손은 약손'이라고 말하면서 배를 어루만져 주면 실제로 아픔이 사라지는 아이들을 볼 수 있습니다. 언어 정보에 의해서 뇌가 불안을 약간이나마 해소하는 데 일조한 것이지요.

하지만 이러한 정보도 질적인 부분을 추구해야 합니다. 해당 분야의 전문가에게 조언을 구해야 하지요. 비전문가와 대화하면 잠깐의 감정적 위로는 받을 수 있을지는 모르겠으나 시간을 낭비하는 것입니다.

그러므로 당신의 문제에 해결책을 줄 수 있는 자격이 있는 사람에게만 정보를 받으려고 노력하세요. 불안하다고 무분별하게 사람을 만나 고민을 털어놓지 말기 바랍니다. 가족이거나 특별히 끈끈한 관계가 아닌 이상 생각보다 사람들은 타인의 삶에 관심이 없습니다.

한번 스트레스가 생기기 시작하면 걱정하지 않았던 부분도

덩달아 마음이 쓰입니다. 이렇게 시도 때도 없이 찾아오는 스트레스에 시달리다 보면 건강하고 긍정적이었던 무의식도 차츰 무너지기 마련입니다. 스트레스의 원인은 뿌리째 뽑아야 하며 해결 방법을 아는 것만으로도 어느 정도는 해소된다는 점을 다시 강조하고 싶습니다. 그리고 그 방법을 행동으로 옮길 때 자유로워질 수 있다는 점도요.

안전지대로부터
벗어나세요

"안에 없는 것이 밖에는 있다."

인도네시아에서 '칼리만탄의 왕'이라 불렸던 고 최계월 회장님의 말씀입니다. 안에 없는 것을 안에서 찾으려고 하면 결코 찾을 수 없습니다. 너무나 당연한 얘기라고 여길 수도 있겠습니다. 하지만 이 메시지의 본질을 생각하면 생각이 조금 달라질 거예요. 이 말의 핵심은, 일이 생각처럼 잘 풀리지 않는다면 한계를 인정해야 새로운 가능성이 생기고 방법을 찾을 수 있다는 것입니다.

우리의 삶도 그렇습니다. 태어나서 지금까지 진정으로 행복하거나 만족한 적이 없다면 방향을 전환해야 합니다. 안에서 밖으로, 밖에서 안으로 시선을 돌려야 합니다. 지금까지 자신이 해왔던 일과 일상에서는 더 큰 행복과 기쁨을 기대할 수 없기 때문입니다. 매일 활동하는 장소와 만나는 사람, 반복되는 일에서는 큰 행복을 기대할 수 없을뿐더러 권태감만 느낄 뿐입니다. 이를 벗어나기란 쉽지 않아요. 타성에 젖어버린 탓입니다.

자신의 존재 이유를 그냥 '생존'에만 두고 필요한 일들만 무의식적으로 반복하며 사는 분들이 많습니다. 이를 안전하다고 생각하는 것이지요. 하지만 조금 더 의미 있고, 자신이 원하는 삶을 살고 싶다면, 심리적인 안전지대에서 벗어나야만 합니다. 무엇보다 이런 안전지대는 말이 안전지대지 우리의 삶을 전혀 보호하지 않습니다. 오히려 곧 불안전해지죠. 우리가 사는 이 세상의 환경과 조건은 실시간으로 변하기 때문입니다.

특히 지금처럼 빠르게 변하는 세상에서 안주한다면, 당신에게 요구되는 변화의 질과 양이 눈덩이처럼 불어날 것입니다. 이 때문에 불편한 날이 반드시 올 것이며, 그때는 이미 늦은 상태일 수도 있습니다. 변화하고 싶어도 그럴 수 없기 때문이지요.

편안만을 추구하는 삶은 결코 안전을 보장받을 수 없게 됩니다. 제가 성공적인 인생을 살기 전에는 안전한 직장, 안전한 보수, 안전한 생활을 추구했습니다. 하지만 늘 불편했고 안전할 수 없었습니다. 저는 그때 편안해지기를 포기했어요. 영원히 지속되는 편안은 없다는 것을 깨달았기 때문입니다.

"철마는 달리고 싶다."
"노병은 죽지 않는다."

상당히 올드한 면이 있지만 이런 표현이 오늘도 우리의 가슴을 뛰게 하는 이유가 무엇일까요? 본질에 가깝기 때문입니다. 진취적이고 자신의 삶을 주체적으로 사는 삶, 이것이 곧 당신의 본성입니다.

삶에서 진정한 편안은 안전지대를 벗어나는 일로부터 시작됩니다. 도전을 두려워해서는 당신이 원하는 삶에 가까워질 수 없습니다. 빨리 실패하는 것도 귀중한 자산입니다. 안에서 밖으로, 밖에서 안으로 시선을 바꿔가며 당신만의 본성을 발휘하세요.

많이 경험하고 많이 실패하세요.
그리고 인생을 바꿀 성공을 쟁취하세요.

역설적이지만,
이게 주인공으로 사는 방법입니다.

오직 지식만이
당신을 자유롭게 할 것입니다

내성적인 성향의 사람들은 어릴 적부터 사람들과의 관계에서 수동적일 수밖에 없습니다. 외향적인 사람들은 좀 더 쉽게 타인과 교류하며 분위기를 주도할 수 있지만 그 반대의 사람들은 타인에게 맞춰서 생각하고 행동하기 쉽습니다. 그러다 보면 인간관계에서 오는 피로감 때문에 여러 가지 오해가 생기기 마련입니다.

'인간관계는 외향적인 사람들에게만 유리하다' 혹은 '내성적인 사람들에겐 남의 비위를 맞춰줘야 하는 인간관계가 피곤한 일이다'라고 생각할 수도 있습니다. 주변 사람들이 인간관계에 대해 대체로 '힘들고 괴로운 일'이라고 말하면, 그런 암시를 받아들여 건강한 인간관계를 정립할 수 없습니다. 이런 이유로 인간관계가 어렵다고 생각할지 모르겠지만, 사실 인간관계의 본질과 핵심을 파악한다면 어려운 게 아닙니다.

멋진 인간관계를 원하는 사람은 세상에 많아요. 하지만 어떤 것이 진짜 멋진 인간관계인지, 멋진 관계는 어떻게 만들 수 있는지 설명할 수 있는 사람은 많지 않습니다. 보통 인간관계는 우연하고 막연하게 이루어집니다.

이를 바꿔서 말하면 계획적이거나 조직적이지 않다는 뜻입니다. 그냥 주어진 상황에 맞게 맺어지는 게 인간관계입니다. 고로 우리의 삶을 조금 더 풍요롭게 만들고 싶다면, 인간관계를 나의 의도대로 맺는 일에 집중해야 합니다.

우연하고 막연하게 맺어진 인간관계를 무작정 탈피하라는 의미는 아닙니다. 그 안에서 나름의 기준과 철학을 가지고 당신의 삶에 힘이 될 사람을 옆에 두는 데 힘을 쏟으라는 뜻입니다. 그렇지 않으면 큰 변화를 이룰 수 없고 절대로 성공할 수 없습니다.

누누이 강조했지만,
모든 일의 핵심은 지식입니다.
많이 아는 사람이 멘탈도 강하죠.

더 자세하게 말씀드리면, 내가 속한 분야, 내가 먹고살려는 분야, 더 나아가서는 어쩌다 시작하게 된 분야, 어쩔 수 없이 일하게 된 분야에서 지식으로 최고가 되어야 합니다.

최고가 되고 싶은데 '돈이 없다', '기회가 없다', '경험이 없다', '도와줄 사람이 없다'는 것은 모두 새빨간 거짓말입니다. 당신의 잠재의식이 포기하도록 설정되어 있는 것뿐입니다. 멘탈은 이 설정을 따르는 것이고요.

많이 아는 사람을 무시하기란 어렵습니다. 인간이 가진 앎의 속성이 더 나은 것을 인정하기 때문이지요. 지식은 더 나은 세계를 고민하게 만듭니다. '이보다 더 빠르게 할 방법은 없을까?', '이 사업의 다음 모델은 무엇일까?' 등의 물음처럼요. 지식을 기반으로 더 나은 것을 추구하는 사람에게는 우직한 분위기가 있습니다. 우리가 몇몇의 대단한 사람들을 볼 때, 범접할 수 없다고 느끼듯이 그 누구도 함부로 대할 수가 없는 법이지요.

그러니 좋은 인간관계를 만들고 싶다면 특정 대상을 확실하게 사로잡을 지식을 갖추세요. 여기서 특정 대상이란 당신이 계획적이고 조직적으로 관계를 맺어야 하는 사람들입니다. 어쩌다 맺게 되는 피상적인 관계가 아니라 당신의 삶을 바꾸기 위한 계획적인 관계가 중요합니다.

성공에 대한 강력한 욕구가 있음에도 고만고만한 사람들, 비슷한 수준의 사람들과 소통하면 발전을 기대하기 어렵습니다. 좋은 인간관계를 형성하려면 깊이 있는 인간관계를 맺는 것도 중요하지만 새로운 인간관계를 계속해서 만들어나가는 일도 필요합니다.

　아주 오래된 인연은 소중합니다. 가족은 가장 소중한 인연이지요. 하지만 오래되고 소중한 인연이 좋다고 할지라도 새로운 인간관계를 맺으려고 노력하세요. 당신이 갖고 있는 문제 때문에 극소수의 인원으로 구성된 인간관계로 살아간다면 삶의 질이 떨어지게 됩니다. 나무가 새로운 가지에서 싱싱한 열매를 맺듯 사람은 오래된 인간관계가 아니라 새로운 인간관계에서 생산적인 성과를 거둘 수 있습니다.

　저 역시 20대 중반까지 인간관계에 많이 서툴렀음을 고백합니다. 자신감도 많이 없었지요. 한창 이성에 관심을 가질 나이에 여자친구를 만드는 일은 꿈에도 생각하지 못했습니다. 이랬던 제가 지금은 완전히 달라진 삶을 살고 있습니다. 인간관계의 본질을 깨달았기 때문입니다.

관계의 본질은 성장입니다. 상대를 통해 성장할 수 있다고 믿으면, 그를 대하는 태도가 달라집니다. 반대로 당신이 누군가에게 성장의 초석이라고 여겨지면, 당신을 대하는 그의 태도 역시 바뀝니다. 저는 이것을 깨달았습니다. 그래서 삶을 더 나은 쪽으로 옮길 수 있었습니다.

사람들이 쓰는 말 중에 '인간관계를 잘한다'라는 말은 '상대방의 기분에 잘 맞춰주는 정도'의 의미인 듯합니다. 이제는 어느 정도 제 말에 공감하시겠지만, 이는 인간관계를 잘하는 것이라고 볼 수 없습니다. 외향적인 사람들이 인간관계를 더 잘 맺는다라는 명제도 틀린 말이지요.

부자가 되려면 부자와 만나야 하고, 행복한 사람이 되려면 행복한 사람과 관계를 맺어야 합니다. 하지만 좋은 관계를 맺으려고 해도 현재의 삶이 팍팍해 감히 엄두도 나지 않으실 테지요. 그래도 변화하려고 노력하셔야 합니다. 그렇지 않으면 상황에 굴복해 백기를 들고야 마니까요.

그냥 인정하세요. '나는 지금 안 좋은 상태다.' 그리고 뒤에 덧붙이세요. '그래서 나는 계획적이고 조직적인 인간관계를 맺어야 한다!'라고요. 저도 이런 식으로 생각하고 조금씩 행동으로 옮기자 변화를 온몸으로 체감할 수 있었습니다. 자연발생적으로 연결되는 인간관계를 거의 끊어버렸습니다. 가족과 스승을 제외하고 그렇게 좋아하던 친구들과도 연을 끊었습니다.

제가 당면한 문제를 해결해 줄 수 없는 친구들을 만나 집안 사정을 이야기하는 것이 무의미하다고 생각했습니다. 물론 말로 내뱉는 것만으로도 정서적 환기가 이루어져 다른 일을 도모할 수도 있었겠죠. 그러나 마음이 불편한 상태에서 친구들과 나누는 대화는 오히려 저 자신을 위축시킬 뿐이었습니다. 그래서 제게 주어진 불우한 환경을 바꾸고자 제 지식과 역량을 끌어내는 데에만 집중했습니다.

그 후에 저는 좋은 인간관계가 너무나 쉽게 이루어졌습니다. 저만의 특별함을 가지고 인간관계를 만드니 상대방의 눈치를 볼 필요도 없게 되었고, 저를 통해 성장하고 싶은 분들과 관계를 이어나가는 것으로도 하루가 너무나 짧았습니다. 이 선순환은 지금도 더 강력하게 지속되고 있습니다.

오직 지식만이
당신을 자유롭게 할 것입니다.

당신에게 아무것도 없는 상황이라면
이 말은 더더욱 유효합니다.

마음을 사로잡으려면
세 가지를 기억하세요

대학원 시절, 저의 지도 교수님은 칼 로저스에 대한 사랑이 남다르신 분이었습니다. 칼 로저스는 상담가의 정신을 배울 수 있는 롤 모델로 상담가라면 심도 있게 공부해야 하는 사람입니다. 저는 교수님의 뜻에 따라 칼 로저스에 관한 책들을 다 읽었고 동기들과 토론도 많이 했지요. 그중 당신에게도 필요한 내용이 있어 소개합니다.

칼 로저스는, 인간에게 자기실현 경향성이 있다고 믿었습니다. 자기실현 경향성이란 인간에게 위해를 가하지 않는다면, 인간은 그 상태에서 자신을 더 멋있게 만들려는 내면의 힘을 갖고 있다는 것입니다. 누구나 인간의 내면에 발전 가능성이 있다는 사실을 인정하겠지만, 칼 로저스는 보통 사람보다 이 사실을 훨씬 더 강하게 믿었습니다. 그가 이런 믿음과 확신을 갖게 된 일화가 있습니다.

그가 어렸을 때, 아주 더럽고 퀴퀴한 냄새가 나는 헛간에 갔는데 거기서 아름다운 장미가 딱 피어 있는 것을 보았습니다. 어린 칼 로저스는 그 자리에서 큰 감동을 느낍니다. 이렇게 열악한 환경에서도 아주 최소한의 흙과 빛만 주어진다면, 아름다운 꽃이 핀다는 사실이 그를 감동시킨 것이죠.

칼 로저스의 특별한 경험은 인간도 마찬가지라는 생각으로 이어졌습니다. 그리고 인간에게는 내재된 힘이 더욱 강력하게 존재할 것이라고 굳게 믿었습니다. 특히 이를 기반으로 사람들을 대하니 그를 만난 사람들이 자기실현성을 더욱 강하게 발현하는 것을 체험하면서 더 굳은 믿음을 갖게 되었습니다.

칼 로저스는 세 가지 조건만 갖고 있으면 누구나 멋있는 상담가가 될 수 있다고 믿었습니다. 첫째는 진실성, 둘째는 공감, 셋째는 무조건적인 수용입니다. 그는 상담가의 학력이나 엄청난 지식, 배경 등을 중요하게 생각하지 않았습니다. 오직 필요한 것은 진실성, 공감, 무조건적인 수용, 이 세 가지였지요. 이를 통해 내담자를 변화시키는 것을 가장 중요하게 생각했습니다. 이 세 가지 조건은 굉장히 단순하지만 대단한 가치가 숨겨져 있습니다.

먼저 진실성부터 보죠.

스스로 한번 질문해 보세요. '살면서 진실하지 못한 적이 없었는가?' 만약 '없다'라고 말했다면 거짓말이 분명합니다. 세상에 태어나 단 한 번도 거짓말을 한 적이 없다는 것은 불가능한 일이기 때문입니다. 악의적인 거짓말은 없더라도 상황이 어쩔 수 없어 거짓말을 한 적은 있을 거예요. 그렇기 때문에 전 세계 모든 언어에 '선한 거짓말', 영어로는 'White Lie' 등의 대체 단어들이 존재하는 것입니다.

진정으로 진실성을 계속 유지하면서 살아가는 사람들은 그 존재만으로도 사람들에게 큰 영향력을 끼칩니다. 상대방이 거짓되지 않았다는 점 하나만으로도 사람들은 전적으로 신뢰하게 되지요. 그래서 진실성을 갖고 임하는 태도가 정말 중요합니다.

두 번째는 공감입니다.

우화를 하나 들어볼게요. 다섯 살짜리 공주가 있었는데 아버지인 국왕에게 달을 따달라며 계속 조르고 있었습니다. 달을 안따주면 밥을 먹지 않고 단식 투쟁에 들어가겠다고 으름장을 놓으니 국왕의 걱정은 날로 높아져 갔습니다. 그래서 나라 전체에 알려 공주의 마음을 바꿔주면 전 재산의 반을 주겠다며 사람들에게 도움을 청했습니다.

그랬더니 많은 학자와 박사들이 찾아와서 열심히 설명했습니다. "공주님, 지구로부터 달의 거리가 얼마나 되는지 아세요?", "달이 얼마나 무거운지 아세요?"라며 달의 무게와 크기, 질량 등을 설명했지만 다섯 살짜리 공주는 이해하지 못했습니다. 오히려 공주가 더 심한 떼를 쓰도록 만들었지요. 그때 여행 중이던 어릿광대가 그 소식을 듣고 공주에게 찾아와 묻습니다.

"공주님 달의 모양은 어떻게 생겼나요?"

"달은 동그랗게 생겼어."

"달의 크기는요?"

"내 새끼손가락 손톱으로 가려져."

"아, 그렇군요! 그럼 달의 빛깔은 어때요?"

"하얗게 빛이 나."

"아, 그럼 공주님. 제가 달을 따 오겠습니다!"

그러고는 순식간에 사라졌습니다. 어릿광대는 저잣거리에 있던 대장장이에게 찾아가 공주가 말한 달의 특징을 그대로 담은 '작게 빛나는 구슬'을 주문했습니다. 어릿광대가 완성된 구슬을 공주에게 전해주자 공주는 매우 기뻐했지요. 하지만 밤에 다시 떠오를 달이 문제였습니다. 어릿광대는 밤에 달이 뜨면 공주가 실망할까봐 걱정되어 조심스럽게 물었습니다.

"근데 공주님, 오늘밤에 보름달이 뜨면 어떡하죠?"

"이를 뽑으면 새로 나는 게 당연하지. 네가 달을 따줬으니까 새로운 달이 뜨더라도 나는 신경 안 써."

공감은 자신의 인식 체계를 상대에게 강요하는 것이 아닙니다. 상대의 인식 체계 안에 내가 들어가서 온전히 같이 있어주며 느끼는 것입니다. 개구리가 되면 올챙이 시절을 기억 못 하듯이 공감 능력도 쓰지 않으면 퇴화됩니다. 간혹 나이가 많은 분들이 관계에 있어 나이에 맞지 않는 모습을 보여주는 것도 이런 이유입니다.

일상에서 공감한답시고 경청하는데도 상대방의 마음을 쉽게 사로잡을 수 없다면 우화에서 얻은 교훈을 다시 떠올리세요. 당신의 세계에 상대방을 집어넣으려고 애썼던 모습을 볼 수 있을 겁니다. 상대방의 세계에 당신이 들어가야 한다는 것, 잊지 마세요.

마지막은 무조건적인 수용입니다.

"조건적인 수용도 쉽지 않은 일인데 무조건적인 수용이 가능할까요?" 네, 그럼요. 가능합니다. 무조건적인 수용은 굉장히 큰 힘을 갖고 있어요. 얼마나 큰 힘인지 단적으로 보여주는 예시가 〈레 미제라블〉의 장 발장 이야기입니다.

어린 시절에 빵 한 조각을 훔쳐 말도 안 되는 중형을 선고받은 장 발장은, 불만이 가득한 시한폭탄이 되어 사회에 나왔습니다. 그런 그가 수도원에 있는 은촛대를 훔쳐 도망가다 경찰에게 다시 붙잡혔지요. 경찰이 대질신문을 위해서 장 발장을 신부에게 데려갑니다.

깊은 절망과 함께 또다시 교도소에 가리라고 예감하는 장 발장의 귀에 신부의 목소리가 들립니다. "제가 이걸 준 게 맞고 하나만 줘서 마음이 좀 안 좋았는데, 이렇게 다시 데리고 와줘서 잘됐습니다." 신부는 장 발장에게 "이거 하나 더 가져가세요."라고 말하며 상황은 일단락됩니다. 영화를 본 분들을 아시겠지만, 여기서 우리가 눈여겨보아야 할 점은 장 발장의 인생이 신부의 무조건적인 수용을 통해 완전히 바뀌어버린다는 점입니다.

칼 로저스가 강조한 세 가지 조건은 우리에게 큰 의미로 다가옵니다. 물론 상담가가 갖춰야 할 자질이기에 이런 내용이 인간관계에 무슨 소용이 있을지 의문이 드실 수도 있습니다. 하지만 우리가 진실성, 공감, 무조건적인 수용의 가치를 생각하고, 이를 관계 개선에 적용하겠다는 태도를 지니는 것만으로도 삶의 많은 부분이 달라질 수 있습니다. 이를 통해 당신의 삶이, 나와 관계된 주변인의 삶이, 나를 새롭게 만나는 타인의 삶이 성장한다면 그 자체로 의미가 있는 것입니다.

그러므로 뛰어난 상담가가 갖춰야 하는 세 가지 조건이라고만 생각하지 마세요. 멋진 인간관계를 구축하고 행복한 삶을 살기 위해 갖춰야 할 능력이라고 생각하시면 좋겠습니다.

칼 로저스도

그것을 바랄 겁니다.

남을 따라 하려고
애쓰지 마세요

1999년 데브라 존슨과 존 S. 위베 박사 연구팀은 내향적인 사람과 외향적인 사람의 뇌 혈류량 차이를 분석했습니다. 내성적인 사람은 기억과 계획, 문제해결 능력을 담당하는 전두엽과 전방 시상에서 다른 곳보다 더 많은 혈류가 흐른다는 것을 발견했지요. 이 말은 다른 사람과 소통하는 것보다 혼자서 생각하는 것을 더 선호한다는 의미입니다.

이 뇌 활동은 내향적인 사람의 전형적인 행동 특성을 보여줍니다. 외향적인 사람은 감각 데이터를 해석하는 영역인 전방 대상회, 측두엽, 후시상에서 혈류량이 많았습니다. 그리고 행동 습성을 담당하는 뇌 영역의 혈류량은 적었는데, 이것은 주위 환경과 인물의 활동에 초점을 두고 스스로를 제약하거나 차단하지 않는다는 뜻입니다.

사람의 뇌는 무수히 많은 화학물질로 채워져 있어요. 내향성과 외향성을 구분하는 데 중요한 역할을 하는 것이 신경전달물질인 도파민과 아세틸콜린입니다.

도파민은 사랑을 나누거나, 마약을 하거나, 신나는 음악을 들을 때 분비됩니다. 도파민은 쾌락 및 쾌락에 대한 갈망과 결합하며, 뇌가 즐거운 일을 인식했을 때 분비되지요. 아세틸콜린은 우리가 잘 아는 아드레날린과 정반대의 작용을 하는 신경전달물질입니다. 아드레날린이 분비되면 감각이 극도로 긴장하고 심박수가 최고치를 찍으면서 신체는 전투 모드로 바뀝니다.

아세틸콜린은 우리를 전투 모드에서 해방시키는 신경전달물질입니다. 마음을 안정시키고 신체 기능의 정상적인 활동을 돕지요. 차분하고 정적이며 머리를 많이 쓰는 활동에 참여하면 아세틸콜린이 분비됩니다. 감성적인 커피숍에서 좋아하는 음악을 들을 때 즐거운 기분이 든다면, 이것은 도파민이 아니라 아세틸콜린이 분비되어서 생긴 결과입니다.

뇌과학자 제이슨 코프먼의 연구에 의하면 외향적인 사람은 내향적인 사람에 비해 도파민에 덜 민감하다고 합니다. 그래서 외향적인 사람이 자극적인 효과를 느끼려면 내향적인 사람보다 더 많은 양의 도파민이 필요하다고 하지요. 그래서 외향적인 사람들은 충분한 도파민을 얻기 위해 더 많은 활동을 해야만 합니다. 반대로 내향적인 사람은 도파민에 많이 민감하기 때문에 즐거움을 느낄 정도의 도파민을 얻으려고 많은 사람의 관심을 끌거나 위험을 감수할 필요가 없어요. 혼자 조용히 있는 것으로도 충분한 도파민을 얻을 수 있기 때문이지요.

기본적으로 외향적인 사람이 행복하다고 느끼는 데 필요한 도파민 양이 내향적인 사람보다 더 많습니다. 그래서 외향적인 사람은 도파민이 충분히 분비될 수 있도록 주목을 끌고, 인맥을 넓히고, 자극을 주는 활동을 찾습니다. 내향적인 사람의 뇌는 아세틸콜린을 분비하면서 혈류량이 증가하는 반면, 외향적인 사람은 도파민을 통해 혈류량이 높아집니다. 완전히 다른 모습을 보이는 것이지요.

내향적인 사람은 아세틸콜린을 가장 큰 보상으로 갈망하기에 이것이 그들의 전형적인 행동으로 인식되고는 합니다. 외향적인 사람도 이런 모습이 없는 것은 아니지만, 아세틸콜린이 가져다주는 쾌감은 도파민이 주는 것에 비할 바가 못 됩니다. 이런 차이가 두 성향 사이에 매우 다른 행동 양식의 토대를 만들어내는 것입니다.

외향적인 사람은 주변 사람을 통해 배터리를 충전합니다. 도파민이 그들의 배터리인 것이지요. 내향적인 사람은 홀로 배터리를 충전합니다. 도파민을 얻게 되면 사회적 배터리에 과부하가 걸리기에 아세틸콜린으로 보상을 받아야 합니다. 이렇게 뇌의 보상 경로가 다르다는 게 참 흥미롭지요?

내향적인 사람이라면 도파민 민감도가 높아 사회적 상황에 엄청나게 민감할 겁니다. 그렇다고 눈을 가리고 귀를 막는 식의 행동을 하는 것이 능사는 아닙니다. 선별적으로 소통하며 진짜로 자신을 지치게 하는 것이 무엇인지 찾아보아야 합니다. 혼자 있는 시간을 통해 재충전하면 되니, 외향적인 사람을 따라 하려고 애쓸 필요는 없습니다. 애초에 그렇게 행복을 느끼도록 설계되지 않았기 때문입니다.

그저
이기지 못했을 뿐입니다

'자존심 부린다.'

이런 말 들어본 적 있으신가요?

일상에서 흔히 쓰는 말이지만

진정한 의미에서의 자존심을 이야기해 볼까 합니다.

자존심은 의식하지 않고 있는 상태에서 발현되어야 합니다.

그러니까 무의식적으로 항상 작동하고 있어야지 진짜 자존심이

라고 할 수 있지요. 그렇지 않고 서두에 말씀드린 것처럼 의식적

으로 '부리는' 경우에는 자존심이 아니라 열등감이라고 봐야 합니다. 남보다 못하다는 마음이 행동으로 나타난 것이니까요. 눈치가 빠른 분들은 벌써 알아차렸겠지만, 자존심은 열등감을 뒤집어 놓은 것이나 다름없습니다. 서로 양면에 붙어있기 때문이에요.

아주 작고 하찮은 일에도 자존심을 운운하며 '자기 위신상 그럴 수 없다'라거나, '자존심이 상해서'라는 등의 핑계를 대는 사람들이 있습니다. 이건 자신이 없다는 증거입니다. 그리고 어떤 일이든 과감하게 못 하지요. 시도했는데 잘되지 않으면 체면이 구겨질까 봐 아예 시도 자체를 못 하는 것입니다.

겉으로 '자존심'을 '부리는' 사람들이 있다면 무의식의 영역에서 자꾸 실패하는 모습이 그려진다고 보셔도 됩니다. 적극성을 갖추지 못해 실행할 수 없는 사람들은 허세를 떨며 자존심이 있는 사람인 것처럼 연기를 하거든요.

자신 있는 사람은 멘탈이 강하기 때문에 지는 걸 두려워하지 않습니다. 졌다는 단순한 사실을 두고 자존심을 운운하거나 떠들지도 않아요. '지면 그냥 진 것'이기 때문입니다. 그렇다고 아주 진 것도 아니고 인생에서 진 것은 더더욱 아닙니다. 지금 한 번 진 것뿐이죠.

이미 일어난 일에 다른 복잡한 의미를 붙일 필요는 없습니다. 누구나 때로는 질 수밖에 없고, 챔피언도 언젠가는 쓰러지기 마련입니다. 세계 신기록은 선망의 대상이면서도 다시 깨뜨리기 위해 존재하는 것입니다. 그래야 또 다른 드라마가 쓰여 관객의 마음을 불태우는 법이니까요. 승부의 결과를 초월할 수 있는 당당함을 갖추면 다른 세계가 보입니다.

승부에 지나치게 큰 의미를 부여하면 할수록 중추신경계의 부담만 커져서 승부를 망치게 될 확률이 높습니다. 마음을 가볍게 하고 몸에 힘을 뺄 수 있어야 합니다. '누가 이기고 졌냐'라는 결과가 아니라 '누가 가장 즐겼고 최선을 다했냐'라는 과정이 중요해요. 그게 바로 의식하지 않는, 진정한 자존심을 갖추게 되는 비결입니다.

1970년대 골프계를 휩쓸었던 잭 니클라우스란 미국 선수가 있었습니다. 그도 나이 앞에서는 어쩔 수 없었는지 몇 해 동안 거의 성과가 없다가 전미 오픈에서 다시 우승의 영예를 안게 되었습니다. 13년 만의 왕위 탈환이었고 사람들은 '왕자의 부활'이라며 몹시 흥분했습니다. 그야말로 짜릿한 역전의 드라마였던 것이죠!

그리고 그의 여유 있고 재치 있는 인터뷰도 화제가 되었습니다. 기자는 그에게 이렇게 물었습니다. "다시 돌아왔군요!" 그러자 잭 니클라우스는 이렇게 답했습니다.

"난 떠난 적이 없었습니다.
그저 이기지 못했을 뿐이죠."

그렇습니다. 그는 승패를 그저 단순한 사실로 받아들일 수 있는 자존심을 갖춘 사람이었습니다. 그렇기에 여러 해 동안 입상하지 못했던 일이나 자신의 나이를 의식하지 않고도 성공할 수 있었던 것이었죠.

스포츠 경기를 보면 아시겠지만, 이겼을 때보다 졌을 때 볼 수 있는 선수들의 태도가 더 스포트라이트를 받기도 합니다. 졌지만 오히려 밝은 미소와 여유를 보여주는 선수들의 내면에는 강한 긍지가 있습니다. 결과보다는 과정을 통해 무엇을 얻을 것인가를 탐구하기 때문입니다.

세상에 지는 일을 좋아할 사람은 없습니다. 하지만 지는 게 싫어서 아예 시합을 안 하겠다는 것은 어리석은 생각입니다. 세상에 완벽은 없습니다. 완벽은 환상입니다. 인간은 나면서부터 죽을 때까지 완벽할 수 없는 존재입니다. 이런 진리를 두고도 완벽을 추구한다며 시도하지 않는다면 얼마나 어불성설인지요.

완벽주의는 심신을 피곤하게 만듭니다. 이는 언제나 긴장과 불안의 팽팽한 밧줄 위에 서 있는 일입니다. 한 번 졌다고 심각한 실의에 빠지는 사람은 인생과 인간에 대한 이해 자체가 부족한 것입니다. 그래도 걱정하지는 마세요. 배우고 실천하면 되니까요. 그럼 온전한 발전을 이루고 진정한 자존심을 갖출 수 있습니다.

이런 말을 드리는 게 참 가슴 아프지만, 오늘날 이 사회는 경쟁사회입니다. 체면 때문에 도전을 주저한다면 결국엔 낙오자가 될 것이 분명합니다. 당당하게 나서서 떳떳하게 싸우는 것이 오히려 좋은 방편일 수 있습니다. 당당한 패배가 비굴한 승리보다 얼마나 더 명예롭고 멋진 일인지 우리는 잘 알고 있으니 혹시 지게 되더라도 괜찮습니다. 큰 깨달음을 얻게 될 테니까요.

모두 다
괜찮아요

이미 숱한 날을 살아온 당신은 잘 알 겁니다. 미래를 아는 게 그다지 좋은 일은 아니라는 사실을요. 하지만 우리는 살아보기 전에 알고 싶어 합니다. 어떻게 살아가야 할지 갈피를 잡을 수 있다면 마음이 편안해질 거라고 생각하니까요.

실존주의 철학자 키르케고르는 "인생은 앞을 보면서 살아가야 하지만 정작 뒤돌아볼 때에나 비로소 이해할 수 있는 것이다"라고 하면서 인생의 근본 문제를 지적했습니다.

'어떻게 살 것인가?'라는 물음에 답하는 것은 결코 쉬운 일이 아닙니다. 책이나 명문장을 살펴봐도 젊은이들에게 무엇이 되어야 할지 명확히 가르쳐주기가 어렵습니다. 그렇기에 우리는 인생 공부를 해야만 합니다. 특히 세상 일이 내 뜻대로 흘러가지 않는다고 느낀다면 더욱 그렇습니다.

러시아의 대문호 톨스토이는 '인생은 학교'라고 했습니다. 그의 인생 공부 방식은 후세에 전할 만한 현자들의 삶에서 공통된 지혜를 찾아 정리하는 것이었어요. 인간이 멋지게 살기 위해 반드시 필요한 것은 현자들의 삶을 제대로 분석하고 가슴 깊이 느끼는 것입니다.

멋진 인생을 살아간 현자들의 삶을 분석하려면 심리학 지식도 필요하고, 세상 속에서 언제나 적용되는 인생의 법칙에 눈을 떠야만 합니다. 이런 지식의 수준에 따라 같은 현자를 분석하더라도 그 내용은 완전히 다른 결과를 내놓습니다. 결과를 적용하는 방식과 수준도 아주 다르지요.

멋진 삶을 살아간 현자들의 삶을 시작부터 끝까지 제대로 관찰하면 신기한 사실 하나를 발견할 수 있습니다. 당시 현자들이 처했던 시대 상황이나 조건이 다르긴 하지만 항상 공통적으로 존재하는 법칙이 존재한다는 것이지요. 또한 인간들이 겪는 고통이나 어려움 등이 시대적 배경에 따라 모두 다를 것이라고 생각하지만, 어떤 시대에서든 인간은 비슷한 고충을 겪습니다. 결국 그것을 어떻게 이겨낼 것이냐가 관건입니다.

현자의 인생을 제대로 분석하고 제대로 느낄 수 있으면 '미래를 전망할 수 있는 지혜'를 얻게 됩니다. 심리학에서는 과거 사건에 대한 정신적 표상을 '기억'이라고 하고, 현재 사건에 대한 정신적 표상을 '지각'이라고 하며, 미래 사건에 대한 정신적 표상을 '전망'이라고 말합니다.

미래에 대해 생각하거나 예측한다고 모두 전망이 되는 것은 아닙니다. 스포츠 전문가가 한 선수의 과거 성적에 기초해 승률을 예측하거나 경제 전문가가 미래의 시장 경기를 예측하는 것은 심리학에서 말하는 전망과는 관련이 없어요.

심리학에서의 전망이란 객관적인 자료가 없거나 기대와 다른, 예측할 수 없었던 사건들이 발생함에도 불구하고 미래에 대해 희망적으로 사고하는 것을 말합니다. 이런 전망과 우리가 흔히 말하는 낙천성 그리고 낙관성은 서로 다릅니다.

낙천성은 타고난 기질로 특별한 근거 없이 긍정적으로 사고하는 것입니다. 낙관성은 주어진 자료에 기초해 과거와 현재 그리고 미래에 대해 합리적으로 추론하는 것이지요. 낙관성은 학습을 통해서 얻는 삶의 지혜라고 말씀드릴 수 있겠습니다.

전망은 상황이 자신에게 호의적이지 않고 미래를 객관적으로 예측할 수 있는 자료가 없는 환경 속에서 미래에 대해 긍정적으로 사고하는 것을 말합니다. 소위 '멘탈이 강한 사람'이라고 평가받는 사람들이 공통적으로 갖추고 있는 능력입니다. 그래서 내 삶이 앞으로 어떻게 펼쳐지게 될지 기대하고 이해하려면 전망 능력이 필수입니다.

　전망은 심각한 문제 상황 속에서 어떤 선택을 해야 할지를 파악하고 결정하는데 중요한 역할을 합니다. 인생에서 전망의 기술은 '할 수 있는 것'과 '할 수 없는 것', '기대할 수 있는 것'과 '기대할 수 없는 것'을 지혜롭게 구분하고 받아들일 수 있도록 도와줍니다.

　당신의 어려운 상황,
　모두 다 괜찮습니다.

　당신의 우울한 과거,
　모두 다 괜찮습니다.

　당신처럼 힘들었고
　지독한 좌절 속에 있었던
　삶의 현자들을 찾아

인생 공부를 시작하세요.

당신이 그들의 삶에서

작은 빛줄기 하나를

부여잡을 수 있다면,

어둠 속에서도

환히 전망할 수 있을 것입니다.

최고의 날은
아직 오지 않았어요

과거의 영광에 취하는 것만큼 달콤한 일도 없는 듯합니다. 추억은 삶의 원동력이 될 때도 있으니까요. 생각이 과거로 흐르는 이유는 여러 가지가 있겠으나, 그중 하나는 과거를 떠올려 자신감을 회복하려는 시도입니다. 불안한 마음을 기피하고 싶은 게 인지상정이니까요.

사장님이 소싯적의 무용담들을 떠올리며 어깨에 힘을 주거나 친구가 자신의 신세를 감추려고 잘나가던 학창 시절 이야기를 연거푸 말하는 것도 같은 맥락입니다. 사람마다 다른 개성으로 사는 세상이니 다 이해할 수 있습니다. 다만 사고의 방향이 지나치게 과거에 치우쳐 있다면 주의가 필요합니다. 우리는 변화하고 성장하는 존재여야만 하기 때문입니다.

샌프란시스코주립대학교에서는 학생 754명을 내향적, 외향적 성향으로 분류한 뒤에 성격, 인생의 만족도, 개인적인 기억에 관한 온라인 설문을 진행했습니다. 그 결과가 궁금하시죠?

외향적이라고 분류된 사람은 내향적인 사람에 비해 과거의 좋은 기억을 더 많이 회상하고 안 좋은 기억엔 크게 관심을 두지 않는 것으로 나타났어요. 이 연구를 통해서 밝혀진 점은 외향적인 사람이 한층 더 행복하고 긍정적으로 사는 능력을 타고났다는 점입니다. 구체적으로 말하면 부정적인 감정을 상쇄하는 능력이 더 뛰어났습니다.

이들은 안 좋은 기억을 담아두지 않고 긍정적인 것에 초점을 두면서 더 나은 상황으로 감정을 옮겨가는 것에 더 익숙했습니다. 내향적인 사람들은 이들에 비해서 과거의 부정적인 경험을 곱씹는 행위를 더 자주 하는 것으로 나타났지요. 여기서 얻을 수 있는 교훈은, 실수를 분석하고 배우는 것도 물론 좋지만 행복해지려면 부정적인 기억을 어느 정도는 흘려보낼 수 있어야 한다는 사실입니다.

과거를 회상하는 방식도 질적인 부분이 다를 수 있습니다. 가령 아주 오래된 이야기를 끄집어내면서 '전에 잘했으니까 이번에도 잘 해낼 수 있을 거야'라고 생각하는 것은 정말 훌륭한 일이죠. 하지만 '그때는 정말 좋았는데…', '그때는 상황이 참 좋았었는데 지금은…'처럼 회상한다면 정말 안타까운 일입니다.

과거에 빠져 사는 사람은 발전할 수 없을 뿐만 아니라 여러 가지 안 좋은 일들에 부닥칠 수밖에 없어요. 생각과 행동이 부정적이기 때문에 그 결과는 보지 않아도 예상이 됩니다. 이런 점은 뇌과학에서 어느 정도 밝혀냈습니다.

일본의 이화학연구소 연구진은 과거의 기억을 오랜 시간 떠올리면 그 기억이 뇌에 저장되면서 '타우'라는 단백질을 축적시키게 된다고 밝혔습니다. 타우는 뇌에 축적되면서 기억장애를 일으키는 것으로 알려져 있습니다. 그러니까 장시간 추억에 잠기는 습관을 지닌 채 살아가는 사람일수록 뇌의 노화가 빠를 수밖에 없는 것이죠.

원래 '타우'는 나이가 들수록 축적되는 양이 늘어난다고만 알려져 있었을 뿐 그 근본 원인은 밝혀진 적이 없었습니다. 이 실험을 통해 추론할 수 있는 부분은 나이가 들수록 과거를 회상할 기회가 많아져 타우의 축적량이 늘어나는 게 아닌가 하는 점입니다.

그러니까 옛 친구들을 가끔 만나서 '옛 시절이 좋았지'라는 정도는 괜찮을 수 있어요. 하지만 생각의 기준이 옛날에 너무 치중되어 있다면 심신에 좋지 않은 영향을 주고 있는 것입니다. 요즘 말로 '라떼는 말이야'라고 이야기하는 사람들의 이야기를 살펴보면 대체로 과장되어 있을 것이 뻔합니다. 타우란 물질이 많이 축적되면서 본 기억에 손상을 입었을 수도 있겠다는 생각이 들어요. 결론적으로 과거에 빠져 있는 사람들은 자기최면에만 열을 올려 생각의 늪에 빠진 것이나 다름없습니다.

저는 이미 여러 면에서 좋은 삶을 살고 있지만, 미래에 더 좋은 일이 생기길 기대하기 때문에 과거에 안주하지 않습니다. 인생은 고도의 집중과 몰입 상태를 자기 분야에서 멋있고 힘 있게 발휘하는 과정입니다. 이 인생관에 '안주'라는 단어는 낄 틈이 없습니다. 당연히 역동적이고 내일이 더 기대되는 삶이겠죠. 당신이 멘탈 관리에 관심을 가져야 하는 이유입니다.

여기까지 읽으셨다면 제가 지식을 통한 멘탈의 힘을 종교 이상의 수준으로 믿는 사람이란 걸 눈치채셨을 겁니다. 저는 나이가 들수록 새롭고 수정된 지식을 쌓아가며 성장하는 삶을 살고 있습니다. 그리고 그 지식들을 정리하고 가공해 타인의 삶에 도움이 되도록 공헌하고 있습니다.

배우고 성장하는 삶은 절대로 과거가 현재보다 좋을 수가 없습니다. 지식을 믿지 못하고 활용하지 못하는 사람만이 자신의 과거에 빠져 삽니다. 사실 과거는 현재보다 더욱 지식이 부족한 상태입니다. 지식은 시간이 지날수록 더 크게 발전하니까요. 그래서 과거의 지식을 회상하며 과거에 자신을 가두는 일이 얼마나 어리석은 일인지 아셨으면 좋겠습니다.

건강한 삶은 새로운 자극으로부터 비롯됩니다. 새로운 자극은 과거에 존재하지 않아요. 지금 이 순간을 진심으로 제대로 살아가는 자세가 더 나은 삶을 위해 반드시 필요합니다. 자꾸 과거에 잠겨 살면 우리의 뇌는 노화될 것이고 발전을 꿈꿀 수 없게 됩니다. 결국 지식을 습득하고 행동하는 사람에게만 기회가 찾아올 것입니다.

"지금까지 최고의 날은 아직 오지 않았다."
"정말로 멋진 날을 만들어가겠다."

이런 멘탈로 무장하세요. 앞으로 나아가기에도 바쁘고 짧은 생입니다. 과거의 것은 과거에 두고, 당신이 그토록 원하던 세계에 가까워지길 바랍니다. 그럼 뇌도 젊음을 유지하며 그 목표를 이룰 힘을 기꺼이 내줄 겁니다.

호흡이 좋으면
마음이 평안해져요

사람의 폐활량은 20대에 최대치에 이르렀다가 나이가 들수록 감소합니다. 사람의 폐포 표면적은 10년에 4% 정도씩 줄어드는데, 80대가 되면 20대 청년에 비해 호흡할 때 들이마시는 숨의 양이 70%대로 줄어듭니다. 또 흉부 근력 약화와 척추 노화의 영향으로 노인은 숨을 한 번 쉴 때마다 청년에 비해 20% 더 많은 에너지를 사용합니다.

이렇게 기능이 저하된 폐는 고혈압과 면역장애, 불안장애 같은 만성질환을 일으키고, 폐 관련 질환과 각종 합병증에 걸릴 확률 역시 높아져요. 그래서 올바른 호흡법을 갖춰야 건강한 삶을 살 수 있습니다. 자신이 건강하다고 느끼는 것은 멘탈에도 좋은 영향을 끼칩니다.

'호흡은 코로 먹는 음식이다'라고 생각하면 아주 좋아요. 음식을 꼭꼭 잘 씹어 먹어야 소화가 잘되고 면역력이 향상되는 것처럼, 호흡도 제대로 하면 심신에 더 많은 에너지를 제공할 수 있습니다.

먼저 호흡을 어떻게 하고 있는지 살펴보도록 할까요?

만약 당신이 구강호흡을 하고 있다면 몸을 망치고 있는 것입니다. 구강호흡의 원인은 다양해요. 폐의 기능이 떨어지면서 생긴 노화현상이거나 감기나 알레르기로 코로 숨을 쉬는 게 불편해서 생긴 버릇이 고착된 것일 수도 있어요. 가장 큰 원인은 비염, 비중격 만곡증, 부비동염 등 만성 코 질환입니다.

입으로 숨을 쉬면 폐로 보내는 공기가 코로 쉴 때보다 20%

정도 줄어든다는 사실을 알고 있나요? 산소를 충분히 공급하지 않으면 에너지 생성과 대사에 문제가 생기기에 노폐물과 독소를 제대로 배출하지 못하게 돼요. 평소 별다른 이유 없이 피로감을 자주 느낀다면 구강호흡을 하는 건 아닌지 점검해 봐야 합니다.

구강호흡을 하게 되면 입안의 온도와 습도 조절이 제대로 이뤄지지 않아서 세균과 바이러스가 번식하기 좋은 환경이 됩니다. 또한 구강 산성도가 낮아져 입 냄새, 충치, 치주 질환 등을 일으키고 코골이나 무호흡증을 유발하기도 하지요.

그럼 노화를 늦추고 건강을 되찾아 줄
올바른 호흡법은 무엇일까요?

첫째, 들숨과 날숨의 양을 비슷하게 유지해야 합니다.
같은 양의 숨을 들이마시고 내뱉는 것이 중요한 이유는 이산화탄소가 과다 배출되면 호흡성 알칼리증을 일으킬 수 있기 때문입니다. 혈액에서 이산화탄소가 너무 많이 제거되면 뇌혈관

수축과 뇌 혈류 감소가 나타나는데요. 이는 짧고 잦은 현기증, 실신, 입 주위나 사지의 감각 이상, 저림 등의 증상을 유발하기도 합니다.

둘째, 호흡을 가급적 길게 유지하는 습관을 가져야 합니다.

건강한 삶을 다룬 책에서 말하는 호흡에 대한 공통적인 조언은 '숨을 깊게 쉬라는 것'입니다. 흥분하거나 긴장이 될 때, 숨을 깊게 쉬면 심신이 정돈되는 경험을 해보았을 거예요. 숨을 깊게 쉬는 것만으로도 내면이 차분해지고 단단해집니다. 의식적으로 숨을 길게 쉬는 연습을 하길 바랍니다.

셋째, 복식호흡이 정말 중요합니다.

숨을 들이마실 때, 폐 밑에 있는 횡격막을 아래로 밀어내고 상복부만 부풀어 오르게 하는 호흡입니다. 몸속 깊숙한 곳까지 산소를 전달하기 때문에 신체를 이완시키는 한편, 면역력 증진과 체지방 감소 등의 효과도 있어요. 심신의 안정을 찾는 건 너무나도 당연하겠죠?

숨을 잘 쉬는 일도 건강한 멘탈을 갖기 위한 필수 요소입니다. 러닝 후 숨을 헉헉 몰아쉴 때는 제대로 사리를 분별할 수 없습니다. 생존과 직결된 일이라 몸과 마음이 호흡에 집중하기 때문입니다. 호흡에 의식적으로 집중하다 보면 자잘한 잡념이 사라지는 효과를 기대할 수 있어요. '호흡을 통제하면 외부의 조건에 휩쓸리지 않는다'라는 자신감을 얻는 게 중요합니다.

이 자신감이 강해질수록

마음은 더욱 평온해지고,

무엇을 하든 용기가 생길 것입니다.

복식호흡 방법

1. 편안한 자세로 앉거나 눕는다.

2. 한 손은 가슴 위에,

   한 손은 배 위에 올린 채 숨을 고르며

   호흡에 따라 몸의 움직임을 느낀다.

3. 배가 개구리 배처럼

   부풀어 오르는 것을 상상하며

   코로 숨을 끝까지 들이마신다.

4. 1~2초 정도 숨을 참는다.

5. 숨을 내쉴 때는 반대로

   배를 등 가까이 붙인다고 생각하며

   입으로 길게 내뱉는다.

6. 가슴 위의 손을

   움직이지 않은 채

   10회 이상 반복한다.

4장

단단하면서도 부드러운 멘탈로 살기

무엇보다
멘탈 관리가 필요합니다

2차 세계대전 이후 공개된 비밀 문건에는 연합군의 '고스트 아미'에 대한 내용이 있습니다. 고스트 아미라고 불리는 이 부대는 그 이름에 걸맞게 최강의 특수부대였어요. 그렇다고 실제로 유령으로 구성되었던 부대는 아닙니다. 이들은 존재하지 않는 군 장비와 무기, 병력 등을 존재하는 것처럼 꾸미는 임무를 맡아 고스트 아미라는 이름을 갖게 되었습니다.

고스트 아미 부대원들은 전문적인 전투 기술을 습득한 사람들이 아니었습니다. 소위 문화예술이라고 일컫는 분야에서 종사하는 배우나 화가와 같은 예술가, 그리고 건축가, 광고회사 직원, 음향전문가, 무대연출가 등으로 구성되었죠.

이 특수부대의 인원은 1100명 정도에 불과했지만, 이들은 자신의 수보다도 더 많은 가짜 탱크나 장갑차, 미사일, 막사 등을 진짜인 것처럼 꾸며서 배치했습니다. 조금 더 감각적인 자극을 주기 위해 수만 명의 군사가 주둔하는 것처럼 음향효과도 연출했어요. 심지어 가짜 바큇자국을 만들고 하루 종일 흙먼지를 일으켜서 어마어마한 병력이 이동하는 것처럼 연출하기도 했습니다.

실제로 연합군의 포로가 된 독일군 장교의 증언에 의하면, 고스트 아미를 배치한 지역에 4만 명 이상의 병력이 있을 것으로 추산했다고 합니다. 하지만 수백 명밖에 안 되는 인원이 연출해낸 결과였습니다. 그야말로 기막힌 기만전술인 셈이죠.

하지만 제가 말씀드리고 싶은 것은 고스트 아미처럼 살라는 뜻이 아닙니다. 세상에 그런 사람들이 많기 때문에 오히려 그 반대로 살아야 가치 있고 진정한 삶을 살 수 있다는 말씀을 드리고 싶었어요.

전쟁터에서 고스트 아미가 보여준 기만전술은 훌륭한 생존 수단으로 활용될 수 있었습니다. 그렇지만 서로를 죽여야 사는 전쟁터가 아니라 같이 화합해야 살 수 있다면 태도를 완전히 바꿔야 합니다. 특히 양두구육이란 말처럼, 지금 당장 겉모습만 화려하게 치장해 남을 속이려는 태도는 버려야 합니다.

본질이 변화되지 않은 상태에서 겉에 둘러놓은 포장지는 언젠가 반드시 벗겨지기 마련입니다. 만에 하나 거짓으로 꾸민 모습을 가지고 남들을 속이는 데 성공했다고 하더라도 평생을 그렇게 산다면 결국 남는 것은 허망뿐이겠지요. 숨은 진실은 결국에는 드러나기 마련입니다. 숨은 거짓도 마찬가지죠. 바로 이 점에서 명품과 모조품을 가르는 결정적인 차이가 생겨납니다.

다른 사람의 기준이 아닌

나 자신을 설득할 수 있는

진정한 행복을 추구했다면,

보이지 않는 삶의 구석구석까지도

스스로 납득할 수 있는

가치를 갖고 살아갔다면,

나이가 지긋하게 들어

삶을 반추할 때

약간의 아쉬움은 남을지언정

후회는 없을 것입니다.

이것이 바로

멘탈을 관리해야 하는 이유입니다.

지금의 모습을 그대로 인정하세요. 아무런 기쁨도 슬픔도 없이 모든 걸 온전하게 받아들인다면, 자신의 삶에 만족하고 감사할 수 있게 됩니다. 무엇보다 세상과 타인의 기준으로 만들어진 해묵은 관점이 교정됩니다. 당신의 멘탈이 강해지는 순간이지요.

우리는 상대방이 외적으로 풍기는 분위기를 통해 쉽게 영향을 받습니다. '무섭다', '착하다', '매력적이다', '멋지다' 등 표현도 다양하죠. 이런 외적인 데이터는 멘탈이 갖춰지지 않으면 모두 무의미한 정보입니다. 그러므로 강하고 단단한 삶을 위해 속을 채우려는 자세가 무엇보다 필요하겠습니다.

여담이지만,
스티브 잡스의 아버지는
보이지 않는 가구 뒷면에도
좋은 목재를 사용했다고 하네요.

이제는 결단하고
행동해야 할 때입니다

기회는 전체를 볼 수 있는 사람에게 주어집니다. 코앞에 있는 일들에만 전전긍긍해서는 기회가 와도 기회인지 알아차리지 못합니다. 그런 의미에서 '전체를 볼 수 있는 사람'은 '맥락을 볼 수 있는 사람'이라고 할 수 있겠네요. 맥락을 본다는 것은 주체와 객체를 볼 뿐만 아니라 서로 연결되어 있는 관계성과 흐름을 고려한다는 것입니다. 하나의 종합예술이죠.

전체를 보지 못하면 기회가 와도 기회인지 알아채지 못한다고 말씀드렸습니다. '그럼 기회를 만들면 되잖아요?'라고 반문

할 수 있겠으나, 주어진 기회도 낚아채지 못하는 사람들이 스스로 기회를 만들어내기란 쉬운 일이 아닙니다. 심지어 기회를 잡아야 인생을 역전시킬 수 있다는 사실을 알면서도 결단을 내리지 못하는 사람들도 있어요. 하지만 여기서 끝이 아닙니다.

강태공은 기회를 놓치면 오히려 재앙을 초래할 수 있다고 했습니다. 이 말인즉슨 '전쟁을 할 때 두려워하지도, 망설이지도 말라. 주저함이 최대의 적이다. 훌륭한 병사는 유리한 기회를 잃는 법이 없고, 좋은 기회가 왔을 때 날카로운 결단을 내린다.'라는 의미입니다. 결단의 시기를 놓치면 화를 입는다는 것을 알고 있었기 때문에 이런 말을 한 것이지요. 강태공은 기회를 놓치지 않고 큰 업적을 이뤄냈기 때문에 이 메시지를 남길 수 있었습니다.

그렇기 때문에 결단해야 합니다.
그리고 곧장 행동해야 합니다.

어떤 일을 하든지 적절한 시기를 잘 결정하는 것이 중요하고 좋은 기회를 놓치지 않아야 위기에 봉착하지 않게 됩니다. 지금 우리가 사는 현시대는 수많은 기회가 주어진 세상이라고 할 수 있습니다. 정말 그 어느 때보다 기회가 많습니다.

지금 이 순간에도 누군가는 기회를 잡기 위해 결단을 내리고 행동합니다. 하지만 다른 누군가는 기회인지 알면서도 결단을 내리지 못합니다. 당신의 결단에 도움이 될 일화 하나를 말씀드리겠습니다.

고대국가 프리기아의 왕 고르디아스는 자신의 전차에 복잡한 매듭을 묶어놓고 장차 이 매듭을 푸는 사람이 아시아를 정복하게 될 것이라는 예언을 남겼습니다. 천하의 영웅호걸들이 예언을 따라 매듭을 풀어보고자 달려들었지만 아무도 복잡하게 묶인 매듭을 풀지 못했죠.

페르시아를 정복하고 프리기아에까지 당도한 알렉산더 역시

이 소문을 들었습니다. 떠도는 예언에 불과했지만 이는 알렉산더에게 분명 기회였습니다. 매듭만 푼다면 더 확실한 정복의 명분을 갖게 될 테니까요. 물론 만약 그가 매듭을 풀지 못한다면 사람들에게 왕의 자질을 의심받을 수도 있었습니다. 그렇게 되면 이것을 빌미로 그를 따르지 않는 세력들이 생길 수도 있는 상황이었지요.

알렉산더는 고르디아스의 전차가 있는 곳을 찾아 매듭을 풀려고 했지만 실패했습니다. 그때 알렉산더는 칼을 꺼내 전차에 묶인 매듭을 단칼에 잘랐습니다. 결단함으로써 정복자의 명분을 더욱 강하게 만들었지요.

알렉산더는 매듭을 풀어야 하는 코앞의 상황만 본 것이 아니었습니다. 더 견고한 명분을 갖추기 위해 맥락을 보았습니다. 그래서 '푸는 것'이 아닌 '잘라내는 것'을 선택했습니다. 풀어내든 잘라내든 전차와 매듭을 분리한다는 점에서 본질적으로 같은 맥락이었습니다. 이게 바로 기회를 잡는 핵심입니다.

알렉산더는 상황의 본질을 읽어낼 수 있는 지혜와 과감한 결단을 갖추었기 때문에 역사에 남는 대제국의 왕이 될 수 있었습니다. 중대한 결단 앞에서 우물쭈물하는 모습을 보이는 것은 결과적으로 오판을 내리는 것보다 더 안 좋은 상황을 만들어낼 수 있습니다. 결단을 내릴 수밖에 없는 시기 자체를 놓치기 때문입니다.

복잡한 문제일수록 단순하게 생각하고 칼로 매듭을 잘라내듯 과감한 결단을 내리는 게 최선의 방책일 때가 많습니다. 단순하게 생각한다는 것은 본질을 볼 수 있을 때만 가능해지죠.

당신이 이 진리를 깨닫고
기회를 보는 눈을 뜨면 좋겠습니다.

당신은 생각보다 멘탈이 강한 사람입니다

진짜가 되겠다는
마음을 가지세요

쩐쩐쩐쩐쩐이야 완전 쩐이야

진짜가 나타났다 지금

가수 영탁의 〈쩐이야〉라는 노래 가사의 일부입니다. 이 노래를 듣고 제가 생각한 것은 우리는 진짜를 좋아한다는 것이었습니다. 진짜는 인정할 수밖에 없는 것입니다. 한편으로는 세상에 진짜가 그렇게 많지 않다는 걸 역설하고 있습니다.

영웅의 겉모습, 현인의 겉모습, 지도자의 겉모습, 학자의 겉

모습을 띠고 그럴듯하게 속이는 사람들이 많습니다. 심지어 이런 사람들은 스스로도 자신을 정말 그런 사람이라고 착각하기도 하지요. 이런 자기기만은 태양 앞에 물러나는 어둠처럼 진짜가 나타나면 사라져 버리고 맙니다. 요즘은 진짜를 구분할 수 있는 사람들도 점점 줄어드는 것 같아 걱정이 듭니다.

진짜가 아닌 가짜들은 사람들에게 헛된 희망을 주고 망상을 품게 만듭니다. 진짜는 실전 경험이 많고 타인의 성공을 이끌어 내기 위해 여러 측면에서 진정성 있는 조언을 줍니다. 특히 꾸준히 노력할 수 있도록 돕지요. 하지만 가짜는 풍부한 실전 경험이 없기 때문에 몇 번 통했던 부족한 지식을 갖고 마치 그것이 전부인 양 사람들을 현혹합니다.

진짜와 가짜를 잘 구분하지 못하면, 사람의 일생에서 중요한 가치인 노력, 도전, 목표, 변화 등은 생각만 해도 겁이 나고 하기 싫은 일로 전락합니다. 도둑놈 심보를 갖고 있는 가짜의 말에 속아 평범한 사람들이 쉽게 넘어가는 것이죠. 이런 악순환은 우리

사회 곳곳에서 벌어지고 있습니다.

옛날 중국에 대사마 벼슬을 지낸 사람의 집에 갈고리를 잘 만드는 노인이 살았습니다. 노인은 여든이나 되었지만 갈고리 하나만큼은 사람들의 경탄을 절로 이끌 만큼 잘 만들었습니다. 이에 대사마가 물었습니다.

"어떻게 이렇게 갈고리를 잘 만들 수 있소? 무슨 특별한 도가 있습니까?"

갈고리 장인이 답했습니다.

"제겐 단 하나의 도가 있습니다. 스무 살 때부터 갈고리를 만들었는데 그때부터 다른 일은 쳐다보지 않고 오직 이 갈고리 만드는 일에만 평생을 쏟았습니다. 제 온 정성을 다해 계속해서 만드니 잘 만들게 되었습니다."

사실 왕도는 없었던 것이지요. 평생을 바쳐 정성을 다한 게 고수가 된 비결이었습니다. 사람들은 노인의 결과물만 보고 경탄했지만, 노인에게는 그 결과물을 얻기까지 피나는 노력과 시간이 있었습니다. 대부분은 이 숨겨진 시간을 보지 못합니다. 한 가지 일에 온 정성을 쏟아 오랜 시간을 투자하면 반드시 잘할 수밖에 없다는 진리를 우습게 봅니다. 남을 부러워할 뿐이지요.

'부러우면 지는 것이다.'

이 문장을 많이 보았을 겁니다. 실제로 부러워하면 지는 것인지는 잘 모르겠으나 여기에 숨은 뜻을 더하면 어느 정도 납득이 될 것입니다.

'부러워하고 아무것도
안 하면 진짜 지는 것이다.'

한번 사는 인생, 가짜가 아닌 진짜로 살아보겠다는 마음을 먹고 사세요. 진짜를 부러워할 것이 아니라 진짜가 되려고 노력해야 합니다. 그게 '찐'입니다. '그러기에는 인생이 너무 힘들어요'

라는 말씀도 하지 마세요. 인생은 원래 힘든 겁니다. 그걸 받아 들여야 마음이 한결 가벼워집니다. 그래야 남 부럽지 않은 삶을 살 수 있습니다.

시선 이태백이 어렸을 때, 공부를 하다가 싫증을 느껴 산에서 내려왔습니다. 그리고 산천을 유랑하다가 어느 계곡에 이르렀어 요. 계곡 아래의 냇물에서 한 노파가 바위에 열심히 도끼를 갈고 있었습니다. 이태백이 노파에게 물었습니다.

"할머니, 뭐 하시려고 도끼를 갈고 있어요?"
"이 도끼를 갈아서 바늘을 만들려고 한다."
"아니, 이렇게 큰 도끼가 어떻게 바늘이 됩니까?"
"그만두지만 않는다면 분명히 만들 수 있지."

이태백은 이 말을 듣고 큰 깨달음을 얻었습니다. 그리고 노파 에게 큰절을 하고 다시 산으로 올라가 공부를 계속했습니다. 공 부를 하다가 마음이 흔들릴 때면 그 노파가 했던 말을 생각하면서 마음을 다잡았죠. 도끼를 갈아 바늘을 만든다는 '마부작침'이 란 말이 여기서 유래된 고사성어입니다. 아무리 어려운 일이라 도 끈기 있게 노력하면 이룰 수 있음을 뜻하지요.

진짜가 되겠다는 마음가짐으로 일단 도전하세요. 저는 이 말 밖에 드릴 말씀이 없습니다. 그 과정에서 느끼고 깨닫는 일은 당 신의 몫입니다. 말을 물가에 데려다줄 수는 있어도 물을 마시는 건 말이 해야 할 일이라는 걸 잊지 마세요. 물을 마시는 순간, 말 은 기운을 차리고 다음을 도모할 힘을 얻게 됩니다.

멘탈 관리의 핵심은
'지금 바로'입니다

많은 수험생의 심인성 질환을 치료하며 눈코 뜰 새 없이 일하던 때의 일입니다. 하루에 학원을 두 곳 이상씩 방문하며 강의했고, 일주일에 하루도 쉬지 않았습니다. 기숙학원은 자정이 다 되어서야 끝났기에 집에 돌아오면 새벽 1시를 넘길 때가 많았습니다. 빠듯한 일정이라 피곤했지만 그때는 제게 찾아온 기회를 제대로 살리려는 마음이 컸습니다. 무엇보다 제가 하는 일에 대한 자부심이 생겨 힘들어도 열정을 다했지요.

그렇게 20년 정도가 지나자 점점 체력적인 부담이 느껴졌습니다. 일에만 초집중하며 그렇게 바라던 성공을 이루었지만, 제일 중요했던 건강을 놓치고 있었던 것이지요. 몰입의 상태를 느껴본 분은 아시겠지만, 사실 무언가에 완전히 빠져들면 고통에서 해방되는 기분을 느낍니다.

저 역시 체력이 점점 깎여나가는 줄도 모르고 강의에만 몰입했습니다. 다 끝나고 나서야 긴장이 풀리며 완전히 지쳐버렸죠. 그래도 저는 여전히 운동의 중요성을 무시했습니다. 그러다 사랑하는 아내의 뼈 있는 한마디에 운동을 결심하게 되었습니다.

"당신도 저녁이 있는 삶을 살았으면 좋겠어요."

흔히 사람은 자기 자신을 볼 수 없다고 말하지요. 그래서 삶이 건강하지 않을 때 도와줄 조력자와 조언자가 필요합니다. 제게는 아내가 그런 사람인 셈이죠. 저는 아내의 말을 듣고 바쁜 일정을 변경해 일과 생활의 균형을 조금이라도 찾으려고 했습니다. 또한 코로나 사태로 면역력을 더 극대화해야겠다는 경각심이 들어 본격적으로 운동을 시작했습니다.

그 후 대략 100일 정도는 난생처음으로 트레이너에게 PT도 받았습니다. 그 분야의 전문가에게 코칭을 받는 게 가장 효과적이기 때문이죠. 결과적으로 저는 바디프로필을 찍어도 될 정도로 몸을 만들었고 실제로 사진도 찍었습니다. 제 삶은 몸이 달라졌다는 것 빼고는 크게 변한 게 없었습니다. 하지만 몸을 제대로 만들고 나니 주변에서 얼굴에 화색이 돌고 더 젊어 보인다는 말씀을 많이 해주셨습니다. 육체의 건강으로 얻는 활력도 좋았지만, 주변의 좋은 말에 정신적인 활력도 얻게 된 것이죠.

저는 그때 외면이 주는 당당함, 그것의 중요성을 깨닫게 되었습니다. 지금까지도 저는 운동을 계속하고 있습니다. 작년 말에 코로나로 체육관들이 아예 문을 닫았을 때도, 집필과 강의로 바빴음에도 기어코 운동으로 하루를 마무리했습니다. 늦은 밤과 새벽을 가리지 않았고, 영하 15도의 환경도 철저히 무시했습니다. 조금이라도 게으름을 피우고 싶어지면 저는 제 좌우명으로 자기최면 상태를 만들었습니다.

"남이 하지 않았기에 나는 할 수 있고,

남이 하지 않더라도 나는 한다."

과거에는 인간이 동물을 잡아먹기 위해서 하루에 많은 시간을 뛰고 달리는 데 사용했을 것입니다. 그야말로 사활이 걸린 문제인지라 달리는 일을 허투루 할 수 없었겠지요. 뛰면서 힘이 들면 저는 이렇게 과거 인간의 삶까지 생각하며, 이 정도의 운동량은 너무나 당연하고 필수적인 것이라고 되새겼습니다.

또 인간의 뇌는 어떤 습관을 만들어낼 때 최소 21일 이상이 필요하다는 지식을 잊지 않았습니다. 짧게 한시적으로만 한 행동은 딱 그 정도의 보상을 주니까요. 그래서 뇌는 쓰면 쓸수록 발전한다는 가소성의 원리를 활용하며, 멋지게 증명해 내겠다는 다짐도 해두었습니다.

심리, 멘탈, 내면, 정신력 등의 분야에서 전문인으로 살았던 제가 소위 말하는 '몸짱'이 된 일은 제게 완전히 새로운 깨달음을 선사했습니다. 바로 몸이 건강해야 강력한 멘탈을 완성할 수 있다는 사실이었습니다.

건강한 몸은 하루아침에 만들 수 없습니다. 아무리 강도 높은 운동을 한다 하더라도 며칠 만에 건강해질 수는 없는 법이죠. 매일 1시간씩 꾸준하게, 최소 몇 달이 지나야지 건강한 육체를 느낄 수 있게 됩니다.

과정은 고달프지만 '할 수 있다'는 태도만 갖추면 엄청난 심적 보상이 주어질 겁니다. 그로 인한 자기효능감은 덤이고요. 말이 나온 김에 누구보다 성실하고 바쁜 일정을 소화해 내는 당신에게 저는 이런 조언을 드리고 싶습니다.

당신이 20대라면
건강에 대한 자만심을 버리고

지금 바로 운동하세요.

당신이 30대라면
건강에 대한 필요성을 느끼고
지금 바로 운동하세요.

당신이 40대 이상이라면
건강은 묻지도 따지지도 말고
지금 바로 운동하세요.

여기서 핵심은
'지금 바로'입니다.

늦은 나이에 시작한 운동이지만 이렇게 건강한 몸을 갖게 되어 참 좋습니다. 이제는 오전에 체육관에 나가서 운동을 하고 하루 업무를 시작하고 있습니다. 아예 운동을 필수 일과로 삼았지요. 그러니 너무 늦었다고 생각하지 말고 당신도 시작했으면 좋겠습니다.

저는 당신의 몸과 마음이

건강하기를 진심으로 바랍니다.

당신은 생각보다 멘탈이 강한 사람입니다

마음의
결핍이 문제입니다

21세기 신종 전염병으로도 불리는 비만은 다양한 대사 합병증을 유발하고, 이로 인해 생명까지 위협할 수 있는 질병입니다. 단순히 살이 찐 것이라고 생각하지, 비만을 질병이라고 인식하는 분은 별로 없는 듯합니다.

비만 중에서도 고도비만은 운동, 식이요법 등으로는 해결이 어려워 치료를 받아야만 합니다. 삶은 매 순간이 모여 이루어집니다. 그런데 바쁘고 신경 쓸 일이 많다는 핑계로 그 순간을 되는대로 흘려보내는 사람들이 있습니다. 순간의 중요성을 크게 인지하지 못하고 건강에 대해 깊게 생각하지 않으면 누구나 고도비만이 될 수 있습니다. 다시 돌이키려면 많은 힘과 노력이 필요해지죠.

국민건강보험공단에서 일반 건강검진 대상자를 조사하고 발표한 우리나라의 고도비만율에 따르면, 5.1%에서 6.1%로 굉장히 빠른 속도로 늘어나고 있습니다. OECD도 20~30대 젊은이를 중심으로 크게 늘고 있는 국내 고도비만 인구가 2030년에는 두 배로 불어날 것으로 전망하고 있습니다. 절대로 무시할 수 없는 수치죠.

비만은 그 자체로 문제가 되지는 않습니다. 다른 합병증을 일으킨다는 점이 문제지요. 혈액에 지방과 당이 많아지면 당뇨병, 고혈압, 지방간, 혈관질환, 심장질환 등을 유발합니다. 과도한 체중으로 인해 관절에도 크게 무리가 갑니다. 또한 콜레스테롤이 쌓이면 담석증과 각종 염증이 생기고 암 발병 위험도 커지죠.

이 외에도 허혈성 천식, 수면무호흡증, 위식도 역류질환, 불임, 우울증 발병률이 높아져서 정상인보다 합병증으로 인한 사망률도 20%가량 높아집니다. 문제는 고도비만 환자나 대사질환을 동반한 비만 환자는 스스로 체중을 감량하기가 어렵다는 사실입니다. 빠른 효과를 보기 위해 무조건 굶거나 무리한 식단 및 운동을 고집하면 오히려 독이 됩니다.

자, 이제 제가 할 수 있는 만큼 겁을 드렸습니다. 저는 당신의 멘탈을 지켜야 하기 때문에 어쩔 수 없이 공포감을 조성했습니다. 그래야 제 말에 집중할 테니까요. 이제 그 공포감을 잠재우고 강한 멘탈로 고도비만을 해결할 묘책을 말씀드리겠습니다.

고도비만에서 벗어나고 싶다면 반드시 자신의 마음을 먼저 살필 수 있어야 합니다. 그러려면 먼저 인간의 멘탈 구조를 공부하고 또 자신의 삶도 깊이 성찰해야 합니다. 자신이 먹는 음식을 분석해 기존의 식습관을 완전히 개선해야 합니다. 영양분에 대한 정확한 지식도 당연히 갖춰야 하고요.

제 말을 듣고 당신이 지금 무슨 생각을 하는지 다 알고 있습니다. 제게도 내담자들을 상담하며 쌓인 데이터가 어느 정도 있기 때문입니다. 아마도 '그냥 대략 살다가 가련다', '체질적으로 어쩔 수 없다', '그렇게 하면서까지 살고 싶지 않다', '물만 먹어도 살이 찐다' 등의 부정적이거나 냉소적인 반응일 것 같아요. 제가 고도비만에서 벗어나고 싶다면 무엇부터 해야 하는지 이미 말씀드렸지요?

'반드시 자신의 마음을 먼저
살필 수 있어야 합니다.'

당신이 제 말에 냉소적인 태도로 일관하는 이유는 절대적인 삶의 목표를 갖추지 못해서 그렇습니다. 죽는 순간까지 연속적으로 적용되는 확고한 삶의 목표가 없기에 '이런들 어떠하리, 저런들 어떠하리'라고 생각하는 것이죠. 이런 상태에서는 절대로 비만에서 자유로워질 수 없습니다.

가장 중요한 삶의 목표가 설정되어 있지 않은 이상, 자신이 살아가는 환경에 그냥 순응하며 살 수밖에 없어요. 저는 당신이 그렇게 사는 걸 원치 않습니다. 당신은 그 누구보다 귀한 사람이고, 당신의 삶은 충분히 가치 있고 의미 있기 때문입니다. 다른 이유는 필요 없어요. 존재, 그 자체가 당신을 고귀하게 만듭니다. 그저 그런 인생이란, 제 사전에 없는 말입니다.

마음먹고 살을 빼려는 분들이 가장 힘들어하는 것은, 배고픔을 참을 수 없다는 점입니다. 자꾸 배가 고픈 이유는 무엇일까요? 왜 먹어도 먹어도 계속 배가 고플까요? 이유는 생각보다 간단합니다. 몸에 반드시 필요한 영양소들이 부족하기 때문입니다.

우리 뇌가 정상적으로 기능하고 몸에서 호르몬을 만들려면 필요한 원재료가 있습니다. 비타민과 미네랄 같은 영양소요. 필요한 영양소와 좋은 환경을 제공해 주면 우리 몸은 건강하게 제 기능을 합니다. 몸이 비타민이나 미네랄을 필요로 할 때, 몸은 뇌에 신호를 보냅니다. 그 신호가 '배고픔'입니다. 음식을 더 섭취해서 필요한 영양소를 공급해 달라는 신호입니다.

뇌는 필요한 영양분이 있는 음식을 몸에 넣어달라는 신호를 보낸 것이지만, 고도비만 환자들은 이 신호를 자기 마음대로 해석합니다. '필요한 영양분'에 집중하는 것이 아니라 '음식'에 집중하는 것이죠. 이게 바로 악순환의 원인입니다.

마음의 결핍은 곧 외적으로 표출됩니다. 스스로 몸을 가꿔야 할 이유를, 건강해져야 할 필요성을 정하지 못하면 어떤 식으로든 티가 납니다. 제가 '이유나 필요성을 찾는 게' 아니라 '정하는 것'이라고 표현한 데도 다 이유가 있습니다.

보통 무언가를 이루기 위해 그럴 만한 이유를 찾으라고 하지만, 저는 이 방법을 추천하지 않습니다. 이미 심신이 약해진 상태에서 '찾는 행위'는 고행과 같습니다. 시작부터 너무 어려우면 포기하기 쉽지요. 그렇기 때문에 이유를 그냥 정해야 합니다. 그게 먼저입니다. 마음을 살피는 일이죠.

내가 왜 건강해져야 하는지 찾지 마시고 그냥 정하세요. 다시 도전할 마음을 갖는 것부터가 건강 관리의 출발점입니다. 금식이나 무리한 식이요법, 과도한 운동은 금물입니다. 아침을 아주 소소한 운동과 간단한 식사로 시작하세요. 일상이 달라질 겁니다. 조금 여유가 생기면, 그동안 먹었던 식품들의 열량과 영양소도 공부하길 추천합니다. 막연히 듣거나 봐서 아는 지식과 직접 찾아서 알게 된 지식은 수준이 다릅니다. 반드시 직접 공부하세요.

삶을 살아가기 위해서 반드시 선행되어야 하는 일은 마음의 결핍을 채우는 겁니다. 당신의 멘탈이 모든 걸 좌우합니다. 그 멘탈이 지식과 융합하면 삶 자체가 강해질 수밖에 없습니다. 어떤 일이든 못 할 일이 없게 되지요.

제 내담자 중에는 마음의 결핍을 먼저 채우고, 외적인 부분을 건강하게 만든 분들이 많습니다. 그분들은 이제 모든 일이 쉬워졌고 마음이 당당해졌다고 말합니다. 매달 200만 원의 월급으로 생활하다가 인생 역전을 이뤄낸 분들도 제법 많습니다.

결국 마음의 결핍이 문제입니다.
살아야 할 이유를 정한다면
더는 문제 될 게 없습니다.

나쁜 것이 아니라
못난 것이에요

이 세상엔

못된 놈들이 참 많다고

느낄 때가 있지요?

못된 놈들을 보며 생기는 허탈감도 상당할 겁니다. 하지만 관점을 달리하면 못된 사람으로 봤던 그가 사실 못난 사람일 수 있습니다. 못된 사람과 못난 사람을 굳이 구별할 필요는 없다고 여기실지도 모르겠습니다. 그래도 그 차이를 구별할 수 있어야 당신의 마음이 조금은 평화로울 수 있어요.

못된 사람이라고 생각했을 때는 그 존재에 대해서 화가 나지만, 못난 사람이라고 치부하면 마음이 달라집니다. 상대방이 못난 사람이어서 그렇게 행동할 수밖에 없는 것이기에 마음이 크게 불편해지지 않지요. 이게 바로 마음을 지키는 관점의 기술입니다.

상식을 벗어나 행동하는 사람들의 정신 깊숙한 곳에는 항상 자신을 남과 비교하는 콤플렉스가 자리하고 있습니다. 이런 콤플렉스로 인해 언제나 타인을 시기하고 질투하게 되지요. 그러기에 꼭 나쁜 마음으로 상대에게 해를 입히려고 한 의도가 아니어도 결과적으로는 상대에게 불쾌감이나 고통을 주는 행동을 하게 됩니다.

성장 과정 중에 있었던 사건이나 사고 등으로 인해 생긴 열등감과 피해의식은 제대로 치료하는 게 좋습니다. 이를 해결하지 못하면 매사에 과잉 반응하게 되지요. 자신이 손해나 피해를 입을까 너무 우려한 나머지 엉뚱한 행동을 하게 되는 것입니다.

한 초등학교에서 있었던 사건입니다. 아들이 학교폭력으로 교내 관련 위원회에 소환되자 그 엄마가 수업 중이던 교실로 들어가 교사의 목을 조르고 폭행했습니다. 믿기 어렵겠지만 실제로 일어난 일입니다.

이 엄마는 아들을 자신의 일부로 착각해 아이가 창피당하는 것이 마치 자신이 모욕당한 일인 양 과잉 반응한 것이죠. 어떤 목적이나 이득을 얻기 위한 행동은 아니었지만 결과적으로 타인들에게 피해를 입히게 되었습니다.

이 엄마도 분명 자라면서 부모에게 이런 식의 사고관을 학습했을 것입니다. 게다가 자신의 멘탈을 고취시키는 방법을 배우지 못했을 확률이 큽니다. 대대로 이런 콤플렉스를 대물림하면서 단체로 못난 사람으로 살아가는 것이죠.

이 점을 분명히 이해할 수 있다면, 이들이 못난 행동을 하고 싶어서 하는 것이 아니란 사실을 알 수 있습니다. 못난 행동을

당신은 생각보다 멘탈이 강한 사람입니다

하도록 무의식에 프로그래밍 되어 있을 뿐이죠. 그러므로 우리는 못난 행동에 휘말릴 필요가 없습니다. 못난 사람에게 분노나 짜증보다는 연민이나 안타까움을 느끼면서 우리가 할 일에만 더욱 집중하면 됩니다. 이게 더욱 멋진 삶을 살아가는 방법입니다.

주변에 당신을

화나게 하는 사람들을 볼 때마다

이 사실을 떠올리세요.

당신까지 못난 게 아니라면 말이죠.

인정과 사랑이
멘탈 관리의 시작입니다

돌이켜 보면 언제나 도리를 내세웠던 사람들은 자기 스스로 그 도리를 지키지 않거나 남에게만 도리를 강요할 때가 많았습니다. 부모에게 도리를 다하지 못한 사람이 자녀에게는 자식의 도리를 다하라고 강요하는 셈이죠. 어떤 경우에는 형제의 도리를 다하지 못한 사람이 어떻게 형제 간에 그럴 수 있냐고 따지는 일도 있습니다.

이런 것을 정신분석에서는 투사라고 합니다. 남에게 드러내기 싫거나 스스로 인정하기 싫은 마음을 남에게서 보는 걸 말하지요. 세상의 모든 문제와 다툼은 여기에서 비롯되므로 갈등을 없애려면 투사를 없애야 합니다. 그 전에 자기 마음을 깨닫는 게 우선입니다. 투사를 일으키는 마음은 사랑과 미움에서 만들어지고, 미움은 사랑을 갈구하는 데서 일어납니다.

자신은 제대로 된 노력을 하지 않으면서 그저 사랑을 갈구하는 마음은 삶을 병들게 합니다. 정신분석의 핵심은 투사를 없애는 것인데요. 정신분석 치료를 할 때 환자와 치료자의 관계가 잘 이루어지면 환자는 치료자에게 사랑, 관심, 인정을 바라는 경향이 강해집니다. 마치 어린아이가 어머니의 사랑을 갈구하는 것과 같은 이치입니다.

이런 사랑을 받으려는 욕구는 너무 커서 밑 빠진 독에 물 붓는 격인지라 충족되기가 어렵습니다. 그래서 정신분석과 같은 통찰 치료에서는 환자의 이런 유아적인 욕구를 충족시키는 것이 불가능하기에 필연적으로 환자는 치료자에게 미워하는 감정을 품기도 합니다. 그렇지만 환자는 이 감정을 감추고 억압하는 경우가 많지요. 왜냐하면 미워하는 감정을 드러내면 사랑받지 못할 것이라고 느끼기 때문입니다. 그러면서 불안감, 죄책감, 자학 등 여러 가지 증세를 나타냅니다.

환자는 원래 부모에게 받아야 할 건강한 사랑이 결핍되어 노이로제에 걸렸기 때문에, 이런 사랑과 미움의 감정을 감추지 말고 치료자에게 말로 표현하도록 유도해야 합니다. 장애의 원인이 되는 미움과 사랑의 근원을 인식시키는 과정을 되풀이하며 조금씩 이런 감정에서 벗어날 수 있도록 돕는 것이죠. 사랑받고자 하는 욕구가 적을수록 정신이 더 건강하다고 볼 수 있습니다.

오랜 시간 정신이 건강하지 못한 분들을 만나 상담하며 느낀 것이 있습니다. 인격이 미숙하고 노이로제에 걸린 사람들은 겉으로는 자기밖에 모르고 남의 사정을 개의치 않는 것처럼 보이지만, 실제로 그들의 마음속에는 병든 마음으로 만든 타인이 채워져 있다는 사실이었습니다.

정신 건강과 인격의 성숙 정도는 사람마다 다르겠지만, 멘탈의 최고 경지는 부처가 말한 '천상천하 유아독존'입니다. 인간이 힘들 수밖에 없는 가장 큰 이유는 끊임없이 외부로부터 사랑과 인정을 받으려고 하는 마음 때문입니다. 그런 의미에서 천상천하 유아독존은 '내가 제일 잘나간다'라는 뜻이 아니라 '나는 나를 충분히 인정하고 사랑하기에 그것을 외부로부터 갈구하지 않는다'라는 의지를 표명한 것입니다. 이 정도의 경지는 노이로제적인 욕망이 없는, 사심과 망상이 없는, 진정한 자기 자신을 알고 느낄 수 있는 상태라고 할 수 있습니다.

불교에서는 모든 인간은 본래 부처가 될 수 있는 가능성을 지니고 있지만 무명의 구름이 끼어서 중생을 벗어나지 못한다고 말합니다. 무명은 사랑을 갈구하지만 그 욕구가 충족되지 않기에 미움이 생기고, 미움을 드러냈다가는 더욱 사랑을 받지 못할 것 같아 미운 감정을 억압하다가, 사랑에 대한 갈구가 더욱 강해지는 것입니다.

이렇게 사랑과 미움이 악순환을 벗어나지 못하는 것을 윤회라고 합니다. 구름을 걷어내고 밝음을 찾으려면 반드시 지혜를 갖춰야 하고 그런 지혜는 오랜 시간 무의식을 공부하며 자신을 통찰하려고 꾸준히 노력해야만 얻을 수 있는 것입니다.

사랑이나 인정을 받지 못하면 건강한 정신을 갖춘 인간이 될 수 없습니다. 반면에 사랑과 인정을 너무 많이 받고 자라면 그것에 중독되어 인정이나 칭찬이 부족할 경우 심인성 증상을 겪게 됩니다.

성숙한 사람은 자기 자신을 인정하고 사랑하기에 남에게서 이런 것을 바랄 필요가 없는 사람입니다. 미숙한 사람은 자기 자신을 인정하거나 사랑하지 못하고 심지어 무시하면서 남들에겐 그런 자기를 사랑하고 인정해 달라는 사람입니다. 그러므로 건강한 멘탈을 갖고 싶다면 스스로를 인정하고 사랑하세요. 오직 그뿐입니다.

쓰레기 더미에서도
꽃은 핍니다

아름다운 것은

슬픈 것이니라.

한없이 한없이

슬픈 것이니라.

슬픈 것이니라.

서정주 시인은 그의 유고 시에서 아름다운 것을 음미할 때 놓

쳐서는 안 되는 세계가 있다고 말했습니다. 그것은 바로 보이지 않는 세계입니다.

우리 인간은 저마다의 향기를 갖고 있습니다. 삶 속에 내재되어 있는 아픔과 슬픔을 조금씩 치유해 나가면서 자연스럽게 배어나지요. 그렇기에 행복한 삶을 위해서는 삶 속에 내재한 아픔을 '우아하게 수용할 수 있는 지혜'가 필요합니다.

행복한 삶을 위해서는 무엇보다 기쁨을 경험하는 것이 중요합니다. 이는 쾌감이나 욕구 충족을 통해 얻어지는 주관적인 만족감을 말하는 것이 아닙니다. 주관적인 만족감만으로는 행복한 삶을 이룰 수 없습니다. 행복은 처해진 상황 속에서 '나'와 '타인'이 동시에 만족하는 상태를 뜻하니까요.

미성숙한 사람은 자신의 만족감을 극대화하는 쪽으로 행동합니다. 그 결과 주변 사람들은 큰 상처를 입게 되지요. 진정한 행복을 위해서는 주관적으로 만족하는 것 이상의 심리적 과정이

요구됩니다.

삶에서는 만족감보다 기쁨이 심리적으로 더 성숙하고 깊은 감정이라고 할 수 있습니다. 왜냐하면 고통을 배척하는 쾌감이나 만족감과는 달리 기쁨은 고통마저도 기꺼이 수용하기 때문입니다. 이게 아주 중요한 포인트입니다.

미성숙한 사람들은 타인의 고통을 외면합니다. 그 이유는 자신의 아픔을 끌어안고 수용하지 못하기 때문이지요. 이들은 아픔과 슬픔을 다루는 법을 모릅니다. 그래서 자신과 타인의 고통을 모두 외면합니다. 치유되지 못한 삶의 고통은 그림자와 같아서 아무리 밝은 곳을 찾아가더라도 우리를 따라오게 됩니다.

행복의 본질은 아픔을 극복하는 과정에서 경험하게 되는 기쁨에 있습니다. 이런 점에서 행복은 쾌락의 '강도'나 만족감의 '빈도'가 아닌, 기쁨을 경험하는 '깊이'에 있다고 말할 수 있습니다. 깊게 느끼는 자만이 진정한 행복을 경험할 수 있다는 뜻입니다.

삶에서 고통을 포용할 줄 모르는 사람은 희망의 기쁨도 경험할 수 없게 됩니다. 희망의 기쁨은 고통을 외면하는 자기기만이나 고통에 무감각해지는 자아도취와는 다릅니다. 삶에서 희망이 주는 기쁨은 슬픔조차 끌어안을 수 있는 마음의 준비를 갖춘 사람들만이 경험할 수 있습니다.

희망과 소원은 비슷한 말 같지만 엄연히 다릅니다. 소원은 삶에서 어떤 일이 성사되길 간절히 바라는 것입니다. 불행한 사람들은 보통 자신이 불행한 이유가 소원이 이루어지지 않아서라고 믿습니다. 하지만 소원이 이루어지지 않았다고 반드시 불행해지는 것은 아니죠. 보통 인생에서 소원이 이루어질 확률은 무척 낮으니까요.

희망은 온갖 어려움과 좌절이 있더라도 자신에게는 계속해서 살아야 할 가치와 이유가 있다고 믿을 때 생깁니다. 그래서 희망을 잃어버린 사람에겐 미래도 없게 됩니다. 우리가 소원보다는 희망을 갖고 살아야 할 이유입니다.

사람의 향기는 마음에서 비롯됩니다. 우리의 마음은 보이지 않는 세계지요. 따라서 행복한 삶을 위해서는 '보이는 세계'를 통해서 '보이지 않는 세계'를 드러내는 게 중요합니다. 기침 반사는 보이지 않는 신경 과정이지만 기침은 우리가 들을 수 있는 소리인 것처럼요.

마찬가지로 사람의 향기 역시 눈에 보이지 않고 냄새도 맡을 수 없지요. 하지만 우린 분명히 느낄 수 있습니다. 좋은 인생을 살아온 사람의 향기를 말입니다. '보면 안다'라는 말이 있습니다. 인생의 어려움을 잘 극복하고 오늘을 살아낸 사람에게는 특별함이 있습니다. 그의 인생을 통해 희망의 가치를 보게 합니다.

슬픔을 수용하세요.
쓰레기 더미에서도

꽃을 피우는 정신이야말로

모두의 희망이 될 등대입니다.

크기가 아니라
존재가 중요합니다

"삶의 이유가 뭘까요?"

글의 마지막에 묵직한 질문을 드려서 송구하지만, 그래도 이 질문으로 대미를 장식하고 싶습니다. 좋든 싫든 우리는 오늘을 살고 내일도 살아야 하니까요.

저를 찾아오는 분들에게 "사람이 왜 사는 것 같냐"라고 물으면 "행복하려고 산다"라는 말씀을 많이 합니다. 곧바로 저는 당신은 지금 행복하게 살고 있느냐고 묻습니다. 그렇지 못하다는 대답이 꽤 많았지요.

우리는 언제나 행복하기 위해서 노력합니다. 그런데도 왜 이렇게 행복을 얻기가 힘들까요? 행복해지는 방법을 누군가가 확실히 알려준다면 정말 좋을 텐데, 생각보다 행복의 지름길을 알고 있는 사람이 드문가 봅니다. 그렇다면 저라도 그 방법을 말씀드리는 게 옳을 것 같네요. 일명 행복의 지름길입니다.

유엔에서 발표한 자료에 따르면 한국의 행복지수는 조사 대상 156개국 중 54위였습니다. 대한민국은 이제 세계적으로 잘사는 나라가 되었지만, 국민의 행복지수는 낮은 편이죠.

행복이란 무엇일까요? 어떻게 하면 행복해질 수 있을까요? 이 질문은 아주 예전부터 철학자, 종교인, 사상가, 정치가, 사회학자 같은 다양한 분야의 현인들이 고심하고 이야기한 주제입니다. 하지만 결론이 하나로 모이지는 않았고, 조심스레 예상컨대 앞으로도 결론이 하나로 모일 것 같지는 않아요.

어떻게 보면 이건 너무나도 당연한 일이지요. 사람들마다 처해진 상황과 조건이 다를 텐데 절대적으로 통하는 행복법을 찾는 것은 쉽지 않을 테니까요. 하지만 저는 인간의 행복이 '고도의 집중과 몰입 상태'에 달려 있음을 깨닫게 되었습니다. 그것을 통해서 남들보다 더욱 행복하게 살아올 수 있었죠.

저는 행복을 만드는 주체가 바로 저라는 사실을 확신하고 있습니다. 집안 환경, 인맥, 재산 등 외부 조건과는 아무런 관련이 없습니다. 앞서 말씀드렸듯이 우리의 내면에서 일어나는 강력한 에너지인 멘탈을 빼고는 모든 게 허상입니다. 원효대사의 '해골물'처럼 멘탈이 모든 외부 조건을 좌지우지하기 때문입니다.

그래서 나 자신을 신뢰하면서 노력하면 누구나 행복을 만들어 낼 수 있습니다. 이렇게 행복을 창조하는 삶을 살아가려면 궁극적으로 단 한 가지 조건을 만족해야 합니다. 바로 꾸준한 멘탈 관리입니다.

우리가 행복이라는 감정을 느낄 때 뇌에서는 이와 관련된 신경전달물질이 나옵니다. 행복감을 만들어내는 신경전달물질은 주로 세 가지입니다. 세로토닌, 옥시토신, 도파민이죠. 세 가지 모두 행복감을 만들어내지만 그 특징은 많이 다릅니다.

먼저 세로토닌은 몸과 마음의 건강이 전제된 상태에서 만들어져요. 아침에 깨어나서 '날씨가 좋아서 기분이 좋다', '오늘도 즐겁게 보내야지'와 같은 적극적이고 긍정적인 마음이 든다면 세로토닌이 잘 분비되고 있는 것입니다. 반대로 세로토닌 수치가 낮아지면 불안과 걱정에 휩싸이게 되면서 부정적인 생각에 사로잡히고 말지요.

옥시토신은 사랑하는 사람들과 즐거운 시간을 보내면서 유대감과 사랑을 느낄 때 분비됩니다. 혹은 남들을 위해 이타적인 행동을 하거나 타인의 호의를 받을 때도 분비됩니다. 봉사활동을 하거나 사회에 기여를 하면서 주고받는 감사의 마음과 관련이 있습니다.

도파민은 목표나 목적을 성취했을 때 분비됩니다. 복권 당첨으로 갑자기 벼락부자가 되거나 고속 승진, 신분 상승 등을 이루었을 때 도파민 수치가 높아집니다. '드디어 해냈다!'라고 외치게 만드는 감정, 즉 성취감과 동반되는 행복감을 떠올리면 됩니다.

행복을 느끼기 위해서 세 가지 신경전달물질 모두 중요하지만, 여러분은 세로토닌과 옥시토신, 도파민이 주는 행복 중에서 어떤 행복이 가장 중요하다고 생각하는지요?

제가 볼 때 현대사회를 살아가는 보통의 사람들은 도파민성 행복을 추구하는 경향이 큰 것 같습니다. '유명해지고 싶다', '부자가 되고 싶다', '성공하고 싶다', '좋은 차를 갖고 싶다' 같은 바람은 도파민성 행복입니다. 이와 관련해 미국 프린스턴대학교 명예교수이자 노벨 경제학상을 받은 대니얼 카너먼 박사는 소득과 행복의 관계를 보여주는 연구에서 의미 있는 메시지를 남겼습니다.

소득 증가로 행복지수가 상승하는 데는 한계가 있고, 연 소득이 7만 5000달러(약 8200만 원)가 넘으면 행복지수가 더는 늘지 않는다는 것입니다. 종종 연 소득이 상당하지만 과도한 업무에 시달리다가 우울증에 걸려 위기를 맞는 사람의 이야기를 듣게 되는 경우가 있습니다. 참 안타까운 일이죠.

경제적 상황이 여의치 않은 분들이라면 제 말이 불쾌할 수도 있겠습니다. 하지만 저는 여러분이 인생이라는 대장정을 가치 있고 힘 있게, 무엇보다 멈추지 않고 끈기 있게 완주하길 바랍니다. 그래서 도파민성 행복을 우선순위로 삼지 말라고 조언하고 싶습니다. 도파민성 행복은 짧고 강렬해 늘 삶의 갈증을 일으키기 때문입니다.

우리에게 가장 중요한 행복은 세로토닌이 주는 행복입니다. 이것은 몸과 마음의 건강이 온전할 때 실감할 수 있는 것이기에 가장 기본적인 행복이라고 말씀드릴 수 있을 듯합니다. 나에 대한 신뢰와 애정이 잘 구축되어야 외부 조건에 흔들리지 않고 나답게 살 수 있는 것이죠. 그래서 행복해지고 싶다면 몸과 마음을 먼저 챙기길 바랍니다. 그게 행복의 지름길입니다.

우리의 삶은 유한합니다. 언젠가는 반드시 떠나야 하며 평생을 쌓은 재력과 명예도 죽음과 함께 소멸됩니다. 이게 삶의 속성입니다. 삶의 속성을 마음 깊이 수용한다면 우리가 해야 할 일은 너무나도 자명합니다.

바로 행복하게 잘 사는 일이지요.
삶이란 작게 존재하든 크게 존재하든
크기가 중요한 게 아닙니다.
존재 자체가 중요합니다.

그래서 당신이 존재한다는 사실,
그게 그렇게 저를 감동시킵니다.

책의 첫머리에서 우울하고 암울했던 제 어린 시절을 쓰며, 지우고 다시 쓰기를 여러 번 반복했습니다. 한편으로는 수치스러웠고 저의 어두운 과거에 당신을 억지로 초대하는 것 같아 죄를 지은 기분이었거든요. 하지만 당신의 행복을 위해 제 기억을 다 토해내고 나니 또 한편으로는 '참 잘했다'라는 생각이 들기도 합니다. 당신의 변화된 삶이 기대되기 때문입니다.

저는 제 인생의 산증인으로서 당신에게 나답게 사는 방법을 아낌없이 보여드릴 것이라고 약속했습니다. 그리고 그 약속을 지켰습니다. 이제는 당신 차례입니다. 당신은 저에게 변화의 기적을 보여주십시오.

저는 그것으로 충분합니다.